大雅

为一种品格注脚

大雅诗丛

莱斯博斯的玫瑰

亨里克·诺德布兰德诗选

［丹麦］亨里克·诺德布兰德　著

Henrik Nordbrandt

柳向阳　译

广西人民出版社

目　录

周围（1972）

003　　当我们离开彼此

004　　当一个人死去

005　　在一个地中海港口

离开与抵达（1974）

009　　果仁蜜饼

010　　叛逆者的死亡证明

乌贼颂及其他情诗（1975）

015　　莱斯博斯的玫瑰

016　　姿态

017　　我们的爱像拜占庭

019　　三月末的日子

020　　微笑

021　　航行

冰河时期（1977）

025　　一生

上帝之家（1977）

029　　上帝之家

鬼魂游戏（1979）

047　　祖父的房子

048　　世纪末

049　　致奈瓦尔

防御门下的风（1980）

053　　亨里克

054　　在火山下

055　　蓝蝴蝶

84诗（1984）

059　　花朵

060　　硬煮蛋

061　　水银

062　　幼发拉底河

063   城墙上的铭文

小提琴制作者的城市（1985）

067   心烦意乱

069   他们说灵魂并不存在

070   果实

072   致尤加利树

十一月，手的颤抖（1986）

077   十一月，手的颤抖

陵墓下（1987）

087   本地新闻

088   小传

089   即使

水位仪（1989）

093   天堂花园

094   回家的路上

095   凯瑞娅·朵拉的房子

096   收获月

097　　　　寄件人地址

遗忘之地（1991）

101　　　　在那里

102　　　　在你挖掘的地方

103　　　　当有人终于闭嘴

104　　　　天地多么白

105　　　　我什么都不属于

106　　　　未知的事物

107　　　　我从来记不起

尘土的重量（1992）

111　　　　莱夫卡斯岛

112　　　　卡瓦克勒代雷

113　　　　古曲

114　　　　雪花莲

天堂门口的蠕虫（1995）

119　　　　实情

121　　　　薄幕

122　　　　通讯录

123　　　　夕阳

124 在路上

125 山墙

127 诗

梦桥（1998）

131 冬至

132 在以色列广场

133 三首花之诗

135 梦见有轨电车

136 规则之梦

137 公园

139 梦见惩罚

141 仲夏后数周

143 绝望之梦

144 梦见行刑

146 壁画

148 梦见法警

149 尖叫

150 梦见妈妈

153 几乎是家

155 卡萨布兰卡

离岸风（2001）

159 从山谷中的山谷

161 大教堂

162 复活

163 科索沃战争笔记

164 下雨

166 地狱与天堂

167 来自公寓大楼的风景

168 论活着的优势及其他

169 自己的鬼魂

170 女主人公画像，远在海上

171 对管子工的恳求

叶海龙（2004）

175 仲夏十四行诗

176 点

177 一场噩梦之后

179 俳句五首

181 我爱到处睡觉

183 希望

184 白色花瓶

185 快乐

186 塔拉萨

188 救赎

189　　　十二月底

访问时间（2007）

193　　　解剖

194　　　备忘

195　　　俳句

196　　　宣言

198　　　水母

199　　　晚夏第一天

201　　　附录　亨里克·诺德布兰德诗集列表

205　　　译后记　如果我们能用"回家"这个词

周　围

（1972）

当我们离开彼此

当我们离开彼此，我们也离开了
一同到过的每个地方：

那座荒废的城市，房屋烟黑，
我们曾住过一个月；曾度过一夜的小镇
已经想不起名字；臭烘烘的亚洲旅馆①
我们经常在闷热里醒来
好像睡了一千年。

还有从雅典到德尔斐②的一路上
所有那些栖息山中的小教堂
里面的油灯彻夜燃烧

我们也离开了，当我们离开彼此。

---

① 此处指土耳其伊斯坦布尔亚洲部分的小旅馆，博斯普鲁斯海峡将伊斯坦布尔划分为亚洲部分和欧洲部分。
② 古希腊文化圣地，位于希腊中部，在雅典西北170公里处，以阿波罗神庙知名。

当一个人死去

当一个人死去
他周围的环境依旧存在：

远方的大山
邻近的房屋
星期天出城前
经过的一座木桥
和它上面那条路。

终于在傍晚时
到达书架的
春日阳光——
那些书和杂志必定
也曾经是崭新的。

真的没那么奇怪。

但仍然经常
让我惊讶

在一个地中海港口

我不知道哪一个更必不可少：

混合了那天第一支香烟滋味的
苦咖啡辛辣的甜，
或鱼和刚上漆的船的气味。
开花的杏树之间的绳子上褪色的衣物

或作为这些事物背景的大山……

不，不是任何一部分，而是整个事情一起
清楚地表明我已经遗漏了什么

而我在余生中也必将痛苦于
错失了它，而当时它就在这里。

离开与抵达

（1974）

果仁蜜饼①

在雅典，在伊斯坦布尔，我感到不安，
在贝鲁特也一样，那里的人们
似乎知道一些关于我的事
而我自己从不知晓——
某些诱人而危险的事，
就像那片被淹没的墓地，去年夏天
我们潜水进去寻找双耳陶罐，
一个秘密——半被察觉
当被街头小贩们的一瞥触动
突然间我痛苦地意识到
自己的骨骼。仿佛
孩子们塞给我的那些金币
是昨夜从我的坟墓里偷来的。
仿佛他们为了得到金币
随意地踩碎了我头颅里的
每根骨头。仿佛
我刚刚吃的糕点
是因为我自己的血而变甜。

---

① 音译巴克拉瓦，西亚各地一种常见的果仁蜜馅烤制点心。

叛逆者的死亡证明

有一座房子某个人已经离去多年

有一个声音很久以前已经沉寂

有一个地方人们总能回去

有一个春天到处是樱桃树和罂粟花

有一支行刑队，没有人能看见

有一个女孩叫玛丽亚，不能用别的名字称呼她

有一只花瓶插满紫罗兰，还有一面镜子和一张桌子

有一个地方没有人敢问谁来了

从没有人来这里写信

从没有信写给那个询问的人

从没有提到那座已经不在那儿的房子

即使你不在那里，也没有一座房子可以遗弃

当你一无所成，也没有一个地方可以回去

没有人不能叫作任何名字，除了玛丽亚

没有行刑队不能被忘记

没有破碎的镜子映照着罂粟花瓣

只有一个沉寂的声音正在谈论那里的一切

有一个人很久以前遗弃了一座房子

有一个女孩叫玛丽亚，不能用别的名字称呼她

有一只花瓶插满紫罗兰，还有一面镜子和一张桌子

有一支行刑队，没有人能看见
有一座房子有人坐在那里却又不在那里
有一个地方没有人敢问谁来了
有一张纸片你在上面写着你一无所成

乌贼颂及其他情诗

（1975）

莱斯博斯的玫瑰①

在去往一个陌生小镇的路上
我从一个陌生女人那里得到这朵玫瑰。
——如今我已来到这个小镇，
睡在它的床上，在它的柏树下打牌，
在它的小酒馆里酩酊大醉，
看见那个女人来了又去，去了又来，
我不知道如何把它丢弃。

我到过的每个地方，它的香气萦绕，
我不曾到过的每个地方
它枯萎的花瓣在尘土里蜷曲。

---

① 莱斯博斯（Lesbos），希腊岛屿，在爱琴海东北部，临近土耳其；古希腊
女诗人萨福曾在此生活。

姿　态

我宁愿卖掉我的祖国
为它最美丽的玫瑰，
宁愿余生做一个难民
只要能亲眼看见
它在你手里，在此春夜，
当你低着头
一片片采摘它的花瓣
只为不抬起眼睛。

我们的爱像拜占庭

我们的爱像拜占庭
必定是的
在最后一夜。
我想象
一种光芒在那些人的
脸上，当他们挤满街道
和广场，或是站在
角落里
轻声说话，
那必定类似
你脸上那种光芒
当你把头发拢回
又望着我。

实际上他们并没有谈那么多，
也没有说任何
真正紧要的。我想象
他们试图谈论
又放弃
没有说他们想说的，

又试图说
又放弃，
最后互相看了看
垂下眼睛。

非常古老的圣像，比如说，
有那种光芒
像一座燃烧的城市的亮光，
或者，像在遗存者的记忆里
留在夭亡者照片上的
那种临近熄灭的光芒。

当我在床上转身
面对你，感觉
像是踏进一座多年前
被烧毁的
教堂，
里面一无所存，除了圣人的黑眼睛
仍然亮着
充满了
将他们摧毁的大火。

三月末的日子

日子沿着一个方向移动，
脸在反方向。
不断地，它们借入彼此的光。

多年后难以区分
哪些是日子，
哪些是脸……

而两者之间的距离
感觉更加不可能跨越
一个个日子，一张张脸。

这就是我在你脸上看到的
这些明亮的三月末的日子。

微　笑

当我在梦中看见你
你转向我

一根手指贴在唇上
双眉扬起，

微笑着，然后继续
轻轻走动

穿过月光照亮的
被忽视的卧室——

我突然明白了
那本应代表我的生活。

航　行

爱过之后，我们贴身躺在一起
同时仍有距离在我们之间
像两只航船如此热烈地享受
他们劈开幽暗之水的自己的线条，
他们的船体
几乎正从纯粹的喜悦中迸裂出来
当全速行进，在碧蓝中，在
夜风以花香和月光
涨满的风帆下
——他们中谁都没有
试图超过另一方
他们之间的距离也没有
丝毫的增或减。

但还有其他夜晚，我们漂流
像两艘灯火通明的豪华邮轮
并排停着
引擎关闭，在陌生的星座下
船上没有一名乘客：
每个甲板上都有一支小提琴乐队在演奏

向明亮的波涛致敬。

大海里满是陈旧的残骸

那是我们在抵达对方的努力中沉没的。

冰河时期

（1977）

一　生

你划一根火柴，它的火焰如此炫目
你无法找到你正在黑暗中寻找的东西
而火柴已经烧到你的手指
疼痛让你忘记遗失了什么。

上帝之家

（1977）

上帝之家①

（选18首）

*

上帝之家可能看起来并不壮观：

凹凸不平的浅黄色墙壁，

大片脱落的涂料，

由绿变灰的百叶窗

在风中摆动，

墙壁上方，瓦片屋顶

似乎支撑着墙壁

一如墙壁支撑着屋顶。

一座即将塌毁的屋子，

被一个荒芜的花园围绕着，

供水来自屋子下面的蓄水池，

当夏天清空了蓄水池

让屋子充满夏天的回声

---

① 指希腊赛米岛上一处建在悬崖上的房屋，当地人将其称作"上帝之家"，
诺德布兰特曾在此租住。

——如果回声能比风声还大

足以让整个屋子倒塌。

住在上帝之家里需要严格的纪律，

让你得到净化，如果你能忍受的话

——带着尘土和汗水，你必须忍受满身汗水，

永远不能完全解除的饥渴

和狂热，它通过你所克制的汗水

给了你这些幻象

像海市蜃楼，像崩塌的冰山

一样不确定和尖锐。

*

一个朋友问我怎么到达

上帝之家。

我碰了下他的肩膀，说：

"问问女主人。"

如果他把我的话当真，

他就会转瞬间

到达那里。

*

所有的道路都通向上帝之家，
但并不以同样的方式。
如果你向南走，你到了北边，
如果你向东走，你到了西边，
如果你向上走，你到了下边
如果你向下走，你到了上边。

但这些并不表示
你只站着不动就能到达那里。
数学是为了机器，
上帝之家是为了水，
无花果树，蛇和骡子，
还有那些学会了

如何嘲笑显而易见之事的人。

*

当我走进上帝之家后面
那块墓地，
掘墓人在一个墓里站起来
把我吓个半死。
但他只是友善地

笑着说：
你现在望着的
不是你。是我，
站在我自己的墓里。
但如果你给我
一支烟，我就带你
去你的。给两支烟
我以后埋你，
三支烟，让你从死人里站起来。

*

要在上帝之家生活
并不容易。
每天
我们都必须
爬许多台阶
把面包和酒摆上餐桌。

台阶的秩序
是一种仪式
越来越难以跟上，
越来越
不可能避开，每天。

神只知道神所做的。

*

要登上上帝之家
有九百九十九级台阶。
（甚至还没有算上
无台阶的悬崖面。）
每一级
都以一种确切的痛苦
来命名。
如果你考虑
这些台阶
你永远不会有足够的力量
到达顶部。
如果你怀抱一个孩子
爬这些台阶
并且欣赏风景
你甚至不会注意到台阶，很快
将丝毫不在乎风景。

*

我相信那个偶然

它让一切都不再
偶然：

一连串日子中的一个日子
它打断了这个连串

以及一个人做梦时
偶然的微笑

它让那个梦
成了现实，

而现实
成了偶然。

*

夜里，蓄水池的声音
混合着我们在阳台上的交谈：
词语返回如一连串回声，
又给它们赋予了新的

和令人不安的含义。
整个句子被完全搅乱了。

太多随机因素
参与其中
让语法无法发挥作用。
直到这所房子
感觉不再像避难所，
如此充满了窃窃私语的指责。

它成了一艘失事的
用于深海研究的潜艇
被我们不了解的大容器组成的
一个系统所驾驭：每次尝试
让它再次移动，都只是
把我们进一步拖入深处。

甚至屋子上空的星星
在无法忍受的明亮的宇宙中
也看起来像黑洞。

*

像一个成熟的石榴
之于口渴

是我们在上帝之家里的爱：
一层坚硬闪亮的皮肤。
满满的甜美的红色果汁
但如果不碾碎
里面的苦核
就不能饮用。

*

上帝之家有三个蓄水池：

一个存放内部用水。
一个存放外部用水
还有一个存放树木用水。

我只有两个：
一个存放净水
一个存放脏水。

而它们彼此连通
以我不理解的方式。

我不知道什么时候上
什么时候下
尤其不知道

当我在下面是否要上
或者我在上面是否要下。

然后，为你，我的爱
我该怎么清洁自己？

*

在上帝之家里，我们是
彼此手中的蜡，
直到蜡融化
我们两手空空地站着，
涂抹的颜色
让我们脸上长出长毛
浮动在灰尘中，
飘散在风中，
我们眼中的玻璃
成了碎片
在曾是我们心脏的
金属部件间，
此刻它躺在角落里
在那边冬天的光里
闪亮，在八月底。

*

水就是水。

但这些山
首先变得清晰——
这是透过一杯
在冬天
落在山上的水看到的,
这些水此后被储存在
蓄水池里,
等待在某个
像今夜一样炎热的
夏夜里被饮用。

我,什么都不信,
但我知道这水是神圣的。
凡是饮用它的人
都能看见自己

从经过它的洗礼的高山上。

*

一场关于树木的谈话

是一件罪行

除非树木也加入，

而夜晚只是一天结束

如果暗淡的光并没有放任

某些事原因不明。

风知道这些，

当它吹过

尤加利树的枝叶，

而星星让我明白

我的手和我的心

只是彼此颤抖的影子。

*

那些在我们搬入之前

住在上帝之家里的人

都已亡故或在监狱里。

用蝙蝠翅膀，

鱼骨、鼠血

和蜘蛛的骨架

我做成玩偶

这样它们就能

从电石灯里飞出。

还有一个管弦乐队
——它的乐器制作
是用壁虎的唾液
把蝉的木乃伊
和蜻蜓的翅膀粘在一起，
我带它们在山上走远，
没有人看见，除了
最高山峰上的雪。

*

我过世的朋友们来到上帝之家
要我写点儿文字
描写我们一起度过的
所有夜晚：
我们讲故事，饮酒，
所有那些笑话和笑声
还有我们言谈之下的爱。

我把脸埋在两只手里
他们明白了，用他们的手
握住我的双手，一起走上那条路
——它在群山后面消失
在高一些的地方又进入视野，

然后又消失，又出现在视野里。

直到它的曲折变化

让眼泪毫无意义，

直到山路陡峭得让我们停下谈话，

直到它在红色岩石，金色草地

和低矮松树之间到了尽头，

把我们一起带入溪流声，

冰冷的雪融溪水

带着它对山顶上

一场炽烈的暴风雪的纯净记忆。

*

有时甚至蝴蝶也判断错误

因眩目于正午的强光

而撞上峭壁

我们又怎能避免

让自己迷惑于

巨大翅膀的阴影——

那翅膀不时拂过风景

甚至让鸣蝉沉寂？

在一只石化的螳螂形体里

我正坐在石头内部某处

我已把我的脑袋击成碎片
我正等待那把凿子将我释放。

*

夜风渐弱，
　月亮出于群山的阴影，
将世界重新命名为
蜘蛛世界。
所有生灵突然渴望
它们被遗忘的藏身处，
开始以无数细足
奔跑。
星星虚构出不可能存在的
不能捕捉任何东西的网，
而无网的阴影
像愤怒的狩猎蜘蛛一样急冲。
甚至隐藏的房屋木头
也钻出来啮咬白灰粉刷的房间。
我们奔跑时愤怒地吮吸，
而被吸干、夺命的却是我们自己，
直到我们成了空空的
陷入一张巨网的昆虫盒：
一件乐器，神行走其中，
以蜘蛛的外形
用我们无力的身体演奏着音乐。

*

那张脸不再适合窗口的位置，
窗口使房子看起来倾斜，而房子
再无法承受那些斜倚者的重量。

我们此刻该选哪扇窗格，当我们回身
去改变那些抛弃我们，但还不曾
被我们熟练的步态所放弃的事物？

这样，我们爬上许多夜间楼梯
经过松散的踏板和活动天窗，认出
石头上那片将被血泼溅的地方。

鬼魂游戏

（1979）

祖父的房子

暴风雨使房子颤抖
但祖父的旧杂志
《大众机械》
安稳地平放在它们的位置，
蒙尘，褪色，发黄，
书里许多照片
都是轰动一时的机械，
如今已过时二十年。
——如果我打开房门
它们会四下里飞起。

我只是把耳朵贴在墙上——
祖父的生锈的钉子还在那里
钉在他当年买的时候
已经发旧的木头里。
当暴风雨暂停，我一直听到
他驾车行驶在路上
一辆美国大轿车
每次他停下修好引擎
重新发动时
引擎的声音都变得更好听。

世纪末

这是入冬不久，世纪末。
我随着阳光移动——它移动
在没有暖气的房子里，从房间到房间
在下午晚些时候，照到一排书上
烫金的书名被照得闪闪发光。
书的封皮有皮革和霉菌的气味，
而内容比封皮更过时。
书中对战争史上混乱之处的分析
已经相互抵消，因为战争仍在持续，
而除了这发黄纸页的重量
它们对战争的黑暗没有其他平衡物。
如果我把这些变脆的纸一张张点燃
甚至没有足够的光能看到天亮。
暴风雨之夜过后是极度明亮的白天
让我在冬天更远的房间里走动
而我每天更早进入每个房间。
但黑暗无处不在，而且天亮很晚。
这个世纪的黑暗
并不移动，只是拖拽着一切，
在被摧残的世界的上空，每一刻
都有一个更愤怒的太阳爆发出来。

致奈瓦尔[①]

我的生命也变得像一只龙虾
是的，一只龙虾
我用一根绳子牵着它散步，
因为它并不吠叫
而且知道深海的秘密。
我知道我是谁
因为龙虾属于我
而且龙虾知道它是一只龙虾
因为我用一根绳子牵着它。
而且我把人
分为四类：
那些只看见龙虾的
那些假装没看见龙虾的
那些把龙虾叫作狗的
和那些看着我
似乎根本没看见龙虾的。

---

① 奈瓦尔（1808—1855），法国诗人，被誉为超现实主义文学先驱。

防御门下的风

（1980）

亨里克

哈勒普，埃迪尔内，纳西利，里泽，伊斯米尔，科尼亚。[①]
土耳其电话接线员如此这般
拼写我的名字，以免出错。

至于我，我犯了一个大错：
在提到名字的每个地方，我都曾尝试
在梦中找到自己，徒劳。

从卡片上不为人知的名字
它们变成了人，远去
留下我，像它们之间的足迹。

[①] 原文 "Halep，Edirne，Nazilli，Rize，Ismir，Konya." 每个单词第一个字母组合起来即 HENRIK（亨里克）。

在火山下

我的生活，我的死亡之梦：
如果不是因为这四堵墙
　　这地板和阁楼，
那扇窗户将不可能半开着

青蛙的咕呱声也不会
让我在半夜里抬眼
望向春夜的薄雾里
　　白雪覆盖的火山。

蓝蝴蝶

五月，生命如此生机勃勃
这可能是欺骗。
小心，蝴蝶！不要停在

那棵罂粟上太久。
你的蓝翅膀，以你
所来之处的洁白大山，把我压弯了腰。

84诗

（1984）

花　朵

把日子变得井然有序是多么艰难
那里没有一场丧礼能避免
阻塞道路，在广场乱丢垃圾。
一个人必须一直搬迁，免得
成为太密切的朋友，被人邀请。
但这是如今花朵的价格
更令人确信它们是塑料制成的。

硬煮蛋

聋子在对面屋顶滚他们的
硬煮蛋,折磨着我们(我们,
能听见草生长的人)正好在颅骨
所以喧闹声一直向下传到路面,
再向上通过排水管和墙壁
远到聋子的颅骨
所以他们听到并快活地发笑
在他们奇特的
秃顶且无须的脑袋外面:
他们必定是煮得最硬的罪犯
在每个月光照亮的夜里撒野。

水 银

照耀在两幢高楼间海面上的那一带月光
让我想起了水银，这跌落人世间的
非凡金属，来自一个更冷的世界，
那里的人用它制作神像。
而我们倒入温度计的所有水银，我想，
肯定能填满一个没人能望见对岸的大湖泊，
如果这样使用，而不是把这种漂亮金属
浪费在肛门里①，岂不是真的更好？
——如果我们让绝症病人随意漫步
在那湖面上，穿着他们的病号服，
有些坐在轮椅上，消瘦，因发热而颤抖，
每人至少有两个相像的修女陪护——
她们戴着大白帽，像拉满帆的快速帆船。
即使这是病人们最后一次出来，
难道他们不觉得这是一次有意义的死亡
正给我们的生命赋予意义？我们会站在岸边，
用半是同情半是嫉妒的目光追随他们
当他们像基督一样在波光粼粼的湖上走远，
　　一边舞动沾了血的手帕。

---

① 这里是说制作测量肛温的体温计。

幼发拉底河

还有那些在平坦的屋顶上走动
在月光里挂起床单的人，他们一定想过
当裹在干净的亚麻布香气里

在这样的夜晚，在开花的苹果树中间
某个地方必定有一根别针
把万物联结在一起，不让它们飞散，

他们一定感到了痛苦：知道那不可说的
那种特别的技艺，总是燃烧着，要求
被创造出来；而一旦被创造，又烧伤创造者的手指。

城墙上的铭文

今天，我还没有被任何人找出来
用于践踏他的坟墓，
而我能感到还没人踩过我的，
在阳光下，我坐下来
看看我已渐渐变得多么衰老

以及怎样旅行过：道路，曾用我的影子
将我压弯腰，如今迅速地飞离我
像光的轮辐，而突然间我身在
一次移动的途中——我的心只在我的手
用这些诗行回应了它很久以后

才察觉。黑暗可能再次降临，
水携带枯叶聚在桥下，
球从大教堂的墙上弹回。
我的目光盯着屋顶上的衣物
我离开自己，像离开走到尽头的小路

一边开始回忆起路边上的那些花。

小提琴制作者的城市

（1985）

心烦意乱

我把写着你名字和地址的纸片
　　　胡乱塞入口袋
在出门去买邮票之前，
又把我公寓的钥匙
　　　放在信上
这样卧室里的微风
　　　就不会把它吹掉，
然后心不在焉地让门在我身后关上。

当我站在街上，徒劳地
　　　寻找钥匙，
我必定，在心烦意乱中，从口袋里
　　　掏出了纸片，
因为当我终于从窗户
　　　进了屋里，
我到处翻找，才想起了口袋，
　　　却发现它，现在，空的。

哦，无名的爱人！
我既想不起你说过的

你叫什么名字，
又忘不了你的脸和眼睛。
甚至你留在还没整理的
　　床上的依稀的香味，
虽然此刻房间空空，我也无法
　　让自己离开。
我现在该怎么办，这信，
　　这邮票，和钥匙？

他们说灵魂并不存在

他们说灵魂并不存在
但是当我看见
你在我灵魂上做的标记
我知道它确实存在：
烟头，玻璃杯留下的湿圆圈
皱巴巴的纸
几乎褪色的橡皮章的印记
和墨渍
使得甚至最不真实的
最透明的幽灵也显现出来。
——像夜半时候
有人潜入
某个办公室
借着外面霓虹灯的光
把一份对神的起诉书整理好。

果　实

这是一次艰难的离别：此刻它的果实

落到路上，破碎，践踏于尘土

和附近深深的后院——它们各自

　　　遮掩着一个流汗的木制十字架。

只有黄蜂和我在烦恼：作为葡萄酒鉴赏家，我评估了

甜味和腐烂之间的细微区别。

无花果打着哈欠

在混浊的光线中呈磷黄色，吸出了

　　　来自内部之物的轮廓。

很快我将只记得你的头发和指甲

以及空荡荡的蓄水池上方

　　　整日整夜喔喔啼叫的公鸡。

从这里开始，每一个都被剥夺了

他最后一次被理解被认可

　　　最后动作的尝试。

无论谁想把我矫正，都不得不首先

　　　把我打碎。

我的句子已经开始提纯它们自己的难闻的精魄。

有时，我在半夜里让它们惊讶

滚来滚去，结结巴巴，一片混乱。

那么多黑话，那么多密码！
我让自己狼吞虎咽的落果
　　在我嘴里发酵。
它们在灰暗的灯光下落到路上，落在后院。
公鸡在啼叫，仿佛没有黑夜没有白天
　　也没有宿醉。

致尤加利树

1

月亮、风和尤加利树：
构成我的梦的
三个同等的部分。

但如果没有尤加利树
梦不会存在。

2

梦和现实重叠
之处：

尤加利树的枝叶
在风中的声音。

在月光里脱下衣服
在我身边躺下

在尤加利树的阴影里
甚至心也知道自己的重量。

3

最后的光亮里
花园尽头的那棵尤加利树：

我们将要失去的一位神祇
我们如今才知道。

4

在八月底上市：夏季的
过期的时尚。
黄叶，腐烂的花朵。
水泥上的八月灯火。
一切都离去。黑暗中，
我跟着尤加利树回家。

5

星光下，风吹得猛烈。

每片叶子都疯狂抖动
帮助尤加利树
莫名地站得安静。

十一月，手的颤抖

（1986）

十一月，手的颤抖

（选19首）

2

那一年有十六个月：十一月，
十二月，一月，二月，三月，四月，
五月，六月，七月，八月，九月，
十月，十一月，十一月，十一月，十一月。

3

十一月，当太阳终于照耀，
它的光芒如此强烈
甚至瞎子也吓了一跳
当听见自己影子的喧闹声。

4

一片埋骨的好土地，这里：

一望无际的平原上的一片高地，
这高地向世界四面敞开。
你的思想不可能比风和星星更辽阔。

6

我不是苏丹的侍酒人，
只是一个专为贵客洗脚的。
我盯着他们往哪里走，从不抬头看
任何东西，除了星星。

10

我为之耗费生命的每一样事物
都有名字。一个叫玛丽亚，另一个叫鞋拔子。
玛丽亚死了。那个鞋拔子，我花了几个小时试图找到它
在伊斯坦布尔一个肮脏的旅馆房间里。

14

那些争论说神与世界二者为一的人
从没有仔细看看一支牙刷！
牙刷都懂得这个。这世界上

他们随处端坐，对着神吐舌头。

16

看在神的份上，不要在城市定居！
每个城市都有墓地。
给自己在平坦的高地上建一座木屋吧，
向你的主请求闪电的销魂一击。

28

你，我爱的人，
确信我爱另一个人。
这一次我如此热切地爱你
因为我已经爱上了另一个人。

33

玛莎、露易莎、康奇塔、古丽巴哈！
你们的孩子原本都可能是我的。
如今你们自己是凄苦的中年女人
而他们都被征召入伍，旗帜各不相同。

42

在炸毁的房屋前，他们生起篝火
用他们曾经睡觉和做爱的床。
当初在这些床上孕育的孩子
如今都在街上抱着机关枪。

43

十一月真正是黑暗的月份。
当太阳终于露面
就像独裁者的笑容
当他赞扬他的国家爱好和平。

44

在十一月的的黑暗下面，躺着土地。
在土地下面，躺着死者。
一如土地躺着，他们中有的人缺了脑袋
就此而言他们像是土地的主宰。

45

这颗头颅当初是一个女人生下的。

但顶着它的人塑造了它如今的样子。

透过空空的眼洞，你仍然能看到那种意志，

正是这意志让它在行刑人挥动大刀时保持直挺。

51

他，那个坐着等待死亡的人，是我。

他，那个无法相信死亡的人，是我。

他，那个快活地活到现在的人，是我。

他，那个无法相信自己已经活过的人，是我。

53

我们没有用于任何事物的表达方式

如果无法表述得那般精确

一如古巴比伦语、赫梯语①或古代汉语：

透过细雨看到的月亮。如果你曾经到过那里。

---

① 曾分布在小亚细亚一带的一种古老语言，属印欧语系中已消亡的安纳托利亚语族。

58

还有你，莪默^①，我的朋友，我的导师，
搜遍了镇上每一个公共洗手间
热切地研究涂鸦
一如呼罗珊^②人研究诗歌、数学、星星。

65

我的词语是偶然的。不是象征。
但我仍不时地认出某种东西
就像在不列颠的罗马军营里
地上画的一条鱼的轮廓。

80

我曾经是一个苏丹^③，有一座后宫，
女人无数，但我只爱最丑的那个，
她为我唱歌，为我斟酒，
为我擦干眼泪，每当我宣布一个死刑。

---

① 即波斯诗人、《鲁拜集》的作者莪默·伽亚谟（1048—1131），他也是当时
　负有盛名的数学家、天文学家。
② 呼罗珊是古代波斯的一部分。
③ 某些伊斯兰国家或政权的最高统治者的称号。

不要在这里寻找真实。这些诗出自
一只在十一月里晃动的手——它颤抖
随着它的拥有者的情绪，随着咖啡，香烟，美酒，
岭上的白云，亡友，和战争报道。

陵墓下

（1987）

本地新闻

和这个国家共享一条边界的两个国家
正在交战。

我的收音机，我已经
放到了夹竹桃的树荫里，
这会儿告诉我哪个目标正被轰炸
以及用了什么武器。

不到明天早晨，图片就会出来：
那些废墟。
还有那些死者。

他们许多人昨天还像平时一样活蹦乱跳
许多人只有我一半的年龄。

当我试着把收音机调到一个
播放经典音乐的频道
我想：要习惯这本地香烟
是多么艰难。

小 传

所有这些年我耗费一空

主要是

在规划我的生活。

如今我孤独一人，没有子女，头发灰白，

甚至连这个贫民窟里的

一座房子都未拥有——

它唯一的惬意之处

是傍晚时阳光照过来

正落在没有破裂的玻璃方格上

—— 一块令人愉悦的风景

来自河的对岸

你还能听到那里有刺耳的音乐

从廉价收音机里传出来。

我这一侧的河岸上

坐着一个老恶婆

她全部的财产在一个婴儿车里，

时不时我跟她

共享一瓶杜松子酒。

为完整起见，我应该补充说

我本来也不想用"老恶婆"这种措辞

如果她没对我说"老东西"。

即 使

即使我能把一生再活一次
同样的十字路口
无疑还会把我带到同样的十字路口
且花样不会改变太多
仅仅让我的一条皱纹
有别于我今天的这些。

我的身体顶着我的脑袋
经历的无尽劳作
也将是同样。
正如今天我会感到
有两只耳朵是件不自然的事
且我将因为知晓我大脑的
结构和浓度而困扰。

我还会像今天这样拖着双腿
沉重得仿佛正经过湿漉漉的泥泞
甚至当我走在大理石地板上。
同样的女人们将为同样的理由
离开我

且正如今天我会很理解她们一样。

且正如今天一样清晰
我会忆起那个行刑人
当他脱下帽子
又悄悄地朝我挤眼睛
正如人们会欢迎一个老客户。

水位仪

（1989）

天堂花园

多年来我拒绝相信
"十字螺丝刀"、
"鬼魂"、"福利"
和"天堂花园"等概念
是语言之外存在的东西。

十七岁时，我被指导
使用十字螺丝刀。
二十二岁时，我看见了
我的第一个鬼魂。
如今我甚至有了福利。

这就是为什么我写下这首诗
并以"天堂花园"作为标题。

回家的路上

回家的路上（如果我们能用"回家"这个词）
我看到谷物高高地立在夕阳里
听见白色的长谷仓后面
生锈的水泵的声音
那时我想到这一切之上的星星
以及鼹鼠拿它们做什么。

首先，似乎我来自
地球的另一面。
其次，似乎我站在原地
已经许多年。
然后我想到"回家"这个词
和黏而无情的尘土——

它们在那儿已经教会了我
把这些放在"我"这个词下面……

凯瑞娅·朵拉的房子

早晨，山的影子落在房子上。
夜晚，房子的影子爬到山上，
窗户开着：两窗相对，
所以太阳直直地穿过房子
照亮山上的一丛金雀花。

从第三个窗户，你能瞥见港口。
在低低的阳光里，如镜的海面下方，
有两条深水通道：
一条用于进港，一条用于出航。
从我的窗户，只在黄昏后，你能看到

光亮正好洒在驶出的船上。
那些驶入的船只，成了黑影。

收获月①

冬烈，春迟，夏天灰蒙蒙。此刻
我观察蝙蝠在收获时节的月亮边上下翻飞
月亮又低又红，在黑暗的山毛榉上方——
　　　我儿时曾在那儿玩捉迷藏。

我的先辈讲波兰语，西班牙语，也许还有德语。
用丹麦语，我学会了怎样消失。不久之后
我在一个叫苏吐陶图的地方写了这首诗
　　　那是安卡拉城外一个公交站。

---

①　每年离秋分最近的一次满月，多在9月（北半球）。

寄件人地址

暴风雨正在来临，那些被埋葬的人
整个夏天在我体内阴燃，在发光，
如果风哪怕找到一条裂缝
就将爆发出熊熊大火。

但这所房子防风。我的烟灰
自己掉下来，
放在窗台上的邮票一动不动，
尽管墙壁在暴风雨的力量下摇晃。

这里没有什么要寄，
也没有什么要收。
我桌子上的信不会飞走。
寄件人的地址太沉重。

遗忘之地

（1991）

在那里

在那里
我想象那些未写的东西。

无论是警察，还是
我的如今已过世的健身教练，还是
"集体"的概念，还是
第三世界，还是我自己，都不去那里。

在这里，他们可以随心所欲
使用他们的权力
——一场永不停止的腿脚僵硬的阅兵
在曾经是黄色的军营墙壁前。

在你挖掘的地方

在你挖掘的地方，有金子
新闻界称，疯狂的人们是这么看的。
那些卖铁锹和铲子的人大赚一笔。
很快就不可能找到那些洞了。
洞和标志。禁令在扩散
跟着是官方的执行
于是那些洞被迅速填上。
所以，国家赢了战争，而独裁者
依旧永远年轻。那些不这样说话的人
他们是制造所有这些漏洞的人。

当有人终于闭嘴

当有人终于闭嘴
历史照旧
于是在吃饭和接吻的间歇
新的嘴巴能学会重复它。

看，栗树开花了！

有人说，脱口而出
在新一代人使这句话无法理解
之前的那天

那是自我评论
说死亡发明了字母表。

天地多么白

天地多么白！白框的窗
挡了白云
飘进这白色建筑
白色建筑的墙那么白
干爽如云。现在是十一月。

街上，有人挪动水泥地上的箱子。
空气中几片枯叶互相擦磨。
有人在墙上用磨损的指甲涂抹。
很快一场黑雨将落到地上
把灰色雕像洗成让人眼花的白色。

我什么都不属于

我什么都不属于
也没有什么属于我。
我的真实本性比乙醚更变化无常
但通过毅力和掩饰
我已习得了水银般的外观和行为：
如果她来了，这些就是我要告诉她的。

但黑暗正在降临，海上的灯光在晃动，
海船把我带向世界边缘
而她还没有来。没有了她
我的每个感官都像船的铁龙骨那样沉没
在这深不可测的冬夜，我会补充说。

未知的事物

未知的事物

摆在我面前，在尘世。

但只需轻轻一触，就熟悉了它们

在眼花缭乱的景象中，我看到冰川

在右后侧，冰川脚下有红色的金鸟

在巨兽猛犸象的身影下觅食，

我听到钟的喧闹，嗅到教堂门廊的

气味，三月大地，如此多的泉水……

还有日常工具，一把锤子，一把锯，

以及那些东西：人们在世上的短暂时间里

得知它们的名字，拿它们刺入对方。

我从来记不起

我从来记不起在皱巴巴的纸片上
写下的东西，我总是随手丢弃。
某某人住在，比如说，某某街道。
但我从来忘不了我忘记写下的东西。
这就是我如何区分抽象与具体。
我从不思考花朵，只思考最后的每朵花。
我从不思考人，只思考我看见的每张脸。
甚至那些很久以前被风带走的：
在其他人眼里，我有时看见
同样警惕的神情，似乎他们也在尝试
解读那个遗失了一半字母的标识。

尘土的重量

（1992）

莱夫卡斯岛[①]

光在无所托举的圆柱上闪烁。

它将万物变成盐，只需轻轻一触。

我要一个影子，你给了我一根钉子，

　　又长又锈，又弯曲。

我要一张床，你给了我一条路，

它切入我的脚，路愈高切得愈深。

我要水，你给了我苦酒。

在黑暗的圣像下，我拿一只锈蚀的大杯来喝。

我要死亡，你给了我活下来的金子。

我要一个故事，你把我自己的给了我。

从水里，希腊举起它锋利的石头，

我们看到并感激，又后悔所看到的。

在此每一天，都以我们在地狱的一百年为代价。

[①] 莱夫卡斯岛（Levkas），希腊岛屿，位于爱奥尼亚海中。

卡瓦克勒代雷①

在满月和杨树之间。

在词语"和"和词语"之间"之间。

在别的某个地方和我之间。

在蛾和火焰之间。

山丘在一边，平原在另一边。

一只狗旁边的小路是第三边。

在月光下是鞋盒，

林荫大道和抛锚的船只。

---

① 卡瓦克勒代雷（Kavaklidere），土耳其西部城市，邻近地中海。

古　曲

我们因为树木而看不见树林。
我们因为树木的黑暗而看不见树木。
我们因为压弯黑暗树梢的雨水
而看不见雨。

有一支古曲：
树林里有三个贞女。
一个在恋爱，她死了。
其他两个后来也死了。

我们因为夏天而看不到太阳。
我们因为浓密树梢上的黑暗
而看不见夏天。
它们在夜里窃窃私语，伸出枝条
　　在生者和死者之上。
它们说每一种语言，但只有一个字。

有一支古曲：
三个骑士骑着马。
一个有一只鹰，他死了。
其他两个后来也死了。

雪花莲

突然地，我现在想说"雪花莲"。

用我第一次听到自己莫名其妙地
重复几个可怕声音的语言。

闭着眼睛，在积雪覆盖下的花圃里
我可以重建所有植物，几乎一间接一间

尽管事实上现在话都说出来了
有几个声音在打断我，音量大，生气。

它们闻起来像牛奶、粥和
由背弃它们的成年人传下来的战后衣物。
雪让我绝望。这里太白

太冷。一直这样。我想死。

那个承认让我很吃惊，现在我平静。
我说过这个词。我的监狱是开放的。

学校把它厚重的砖墙放在一边
就像远处雪地上血迹斑斑的麻袋。

从高处我可以看到我的狱警。
他们个头小，可怜。他们戴着针织的
帽子和手套，像丢失的毛绒玩具。

我可以判处他们死刑，但我选择了旅行
去往我的声音被拒绝回应的地方。在一个岛上
我学到那种水果的名字，石榴，
用两种语言，最后也用我自己的语言。

所以现在我想说"雪花莲"——

一个我多年没有想到的名字，但它的名言让我们看得见

黄昏中原本看不见的光

这光在苍白的花瓣和旧雪之间

也落在我们想记住的那些脸上。

天堂门口的蠕虫

（1995）

实　情

你去世前就在这儿的东西，
和后来增加的东西：

属于前者的，首要的，你的衣物，
加上你的首饰和照片，
和那个名字——你随了她的名字
而她也英年早逝……
但还有些收据，整理好的东西
在起居间的一角，
你给我熨好的那件衬衫
——我把它小心保存在
我的一叠衬衫下面，
几张唱片，还有那只
生癞疮的狗，还站在一旁，
傻傻地摇尾巴，仿佛你在这儿。

属于后者的，我的新钢笔，
一个我几乎不认得的女人
皮肤上的一款名牌香水，
和我装在卧室里的新灯泡，

借着它的光，在我读的每本书里，
我都读到了你。

前者让我想到你曾经在这里，
后者让我想到你已经不在这里。

最是这种几无分别
让我难以承受。

薄　幕

在世界和梦之间，我曾瞥见
一层薄幕，它变黑暗
当我靠近世界，
它又变明亮，当梦靠近了我。

明亮里满是身体的疼痛
正如黑暗里满是无以名状的悲伤，
以及我怎么都回想不起的
从一个转到另一个的过程。

此刻醒来，我想不起你的样子，
也想不起你的脸庞。
在梦里，你是活生生的，
我能触摸你。

却不曾允许我有一秒钟
忘记你已死去。

通讯录

我不知道该去哪里：
我通讯录里一半的名字
都被一个看不见的叉勾销了。
我口袋里的钥匙，都属于
很久之前已被换掉的锁。

我把自己发高烧的夜晚
分在我曾住过的所有房子里。
到了早晨，陌生人把我抬到
无人的地方，当我的家。

我把自己看作一块磁体
黑夜降临时就跑远：
依恋于我的，每件物，每个人
当磁性消失时，只有死去。

我的时间像一个人从祖传的
手表上读到的那种
而我不敢买一块新的。

夕 阳

夕阳洒落在所有墙壁上。
在一面白色墙壁上。
在沉重、锈蚀、
原本绿色的合页上，
一扇门敞开着
通向黑暗。

"你好"，我喊道，回声
响彻整个山谷，
一只乌鸦飞起，尖叫。
整个世界上
无一不在回应，
只除了你。

在路上

像一只动物，一只蚱蜢或变色蜥蜴
惊恐，在异乡土地上
正穿过开着花的道边植被
之间的沥青路

是怎样的一夜又一夜
我无法避免看到你
当你停下，犹豫不定，被来自
我梦中的光束所捕捉。

山　墙

在雷阵雨的中间，太阳破云而出，
照亮森林边缘一面黄色山墙
在峡湾的另一侧
且这么说吧。换个说法
我本可以说她死了
已经两年多
说那天在乡村车站
我从砾石站台上走下来
听到手提箱的声音——
我们说再见时它立在我们之间
那时我没有想到别的。
悲伤是他们教给我的称呼
但我不相信他们的话
这些话像我的一样
已经被同一波带着彩绘的骷髅
高声跳舞的身影侵扰。

于是太阳破云而出。紫叶
山毛榉，它的根系必定
一路延伸到了峡湾，

如红铅一般透过细雨显露出来，
树冠上方闪亮的黄色山墙上
有人打开了一扇窗户。

那天晚上我身上的被子那么重
只有在丹麦的外省酒店里才能见到，
一本《圣经》在床头柜上，
我和大地一同呼吸，直到它完全成了
　　缀着花朵的洁白。

诗

我曾许诺为你写一首诗
此后我想了无穷无尽的其他事
来躲避为你写诗。

如今杏树再次繁花盛开
三年九个月已经过去

甚至在曦光中
不用戴上眼镜，我也能看清
每一片洁白的花瓣。

但我自己的笔迹
我却几乎无法辨认。

我迟疑，你是否还能认出我
当我戴着眼镜，仍然是
我写这首诗的样子？

梦　桥

（1998）

冬　至

冬至，太阳如此低悬，
你能看到它
在这世上每个门口的下方。

山谷上方锯木厂的尖叫
渐渐停息，撕裂
起皱的童年时的壁纸。

我走进松树林。
像某个我曾偶然认识
又可能同样轻易
忘记的人。

一滴落下，照亮了黑暗
又在松针地毯上烧出一个洞。
听起来像一场洗礼之前
圣器里的脚步声。

在以色列广场

我但愿你从不曾到来
夜晚也就从未逝去。

我但愿你从不曾留下
早晨也就从未到来。

我但愿一直没到夏天
夏天也就永远在路上。

三首花之诗

1

当我抬头看时，雨已经停了。
太阳敲打一枝白色杏花
让我眼花
把咖啡全泼在没回复的信上。

2

白花和黑籽
分开了它们之间的春夜：

我无法入睡
又因为没有入睡的办法
所以我没有睡。

为同样的原因
我也无法飞行
给你送去

这盛开的花枝
在它变绿之前。

而且，
同一轮月亮并不像
照着我的城市那样
照着你的城市——
此刻你才明白，当你细看它
就像这样照着这里。

3

苹果花的轻雨
像锡一样凝固

院子变得平坦。

在缓慢的数年之后
时间加速。

我打开一个抽屉
装满了悔恨。

梦见有轨电车

在梦里看见有轨电车，表示什么？

我的精神科医生说一件事，占星师说另一件事。

我是快死了还是去旅行，被遣返还是赎回？

我所知道的只是这个铁做的黄色怪物

它的歌声曾经每天下午割裂我的耳膜，

如今，漫长时间之后，一直狂野鲁莽地潜伏，

远不是从前那样，当时有一个骑自行车

不带武器的警员维护布尔乔亚的秩序。

它在这里想要什么？它到来时，总是黄昏。

它颜色独异，与来自遥远大陆上的某物相似，

一百年后我们才会有一个词来表达。

然而它来自过去，载着死者

那时车不是空的，而且灯光明亮，

飞速驰过一条条村镇街道，钻进车站。

所以，或许我必须再次接受

我以前对自己的出生所怀疑的：

我以前曾多次来过这里，以后还会再来

不管多么不快乐、不情愿，

还会再来到这同一个地方。

规则之梦

我们知道事情怎么样，而事情
比它们本身更糟：
这是"例外"。
那些人组成了一长队，想确定
事情真的是它们本身那样。
穿着黑色长大衣。在冬天阳光里
我们和忧郁的警卫一起喝咖啡
一边观察云朵堆积
高于圆屋顶、铁丝网和塔，
干涸的河床
消失在白色十字架的森林下面。
在阴影里人们进入学校
医院和军营。
那儿缺乏的
是什么都不缺：一切都在那里，
整体在每个小部分里。
所以"一切"只是个暂停。
很快时间就将继续。这就是"规则"。

公 园

街道得到新的名字。广场
和公园，用上次在那里发表演讲的人
命名，这样就没有人记得从前
发生过什么，以及哪些革命
把什么都颠倒了过来。

"人民大街"
变成"解放大街"，
"五月二十七大道"变成
"九月十二大道"，
从那一年开始，十月过后
通常又是十月，而不是冬天。

几乎无关紧要。越来越多的人
忘记他们前一天说过什么
所以城市像巨无霸一般铺展
而湖泊消失在货运码头下面。

而"此后"，当你想起时，
与"现在"如此相似

只有明白人才能看到不同之处。

天堂里到处是士兵
因为他们齐步进入死亡，信仰的
只有那个"天堂"，
溪水，在这里只是名义上，
在那里正常流淌
在树荫下溢得满满
所以有值得期待的东西。

只有那个哭泣的小伙子
裤子被打湿，站在清真寺前
似乎已经理解了其他人很早以前
已经背下的祈祷词
所以没人会死去，也没人会活着。

梦见惩罚

规则严厉，惩罚更令人生畏：
梦见母牛的，要罚三天
在一个日光暴晒的采石场艰苦劳动，
梦见马的，五天。
无论谁梦见了湖边那座白塔
都必须从塔上跳下去
绕湖跑十二次。
诸如此类，花样百出。
性是闻所未闻。任何人梦见
要囚禁在一个叫"机器厅"的地方，
那地方我一点儿都不记得，
所以必定是更为严禁。
有轨电车奔跑不停，
总是车灯开着，车铃响着。
它们有些像警卫
虽然人们先想到的是天使。
但那样说意味着砍脑袋。
最糟糕的是他们所称的"知识"：
规则和惩罚能如此精确地

互换，以至痛苦的光临

总是恰好在

当一个人忆起上次曾经如何。

仲夏后数周

白天已经变短，地球人满为患，
我窗外开花的枝条
此刻与每到周五都停在清真寺前的
那辆灵车有同样的深绿色。
那只沉重的狮子只专心于毁灭。
当风吹起，根部有一阵疼痛
而我经常否认那里属于我自己。

我乘飞机北上，那里夜色苍白
维护完好的房子那么分散
人们只能瞥见彼此的
短暂身影在明亮的窗帘后面
移动。那里的夏天就这样。
语言是我自己的，但已被年轻人改变
他们的梦想与我的不同。

我老早该寄给哥本哈根某个女士的
那封信，此刻它自己在写
而那些没有到来的回信（我们处境相同）
让我更快乐，超过了我们仍然会

毫不犹豫地把地球称为"宜居"的时候。

那辆绿色灵车继续行驶，在每个周五

而每个周五都明显地变短。

绝望之梦

一朵灰云遮住太阳
让整个山坡
像一张冬天的床
给我爱的人
和她爱的人。

一座桥在脚下晃动
但我的脚步
没有方向。

走过那座桥，那么远
像我从童年到来一样。

所以死神必定
在我和另一边的灰柳树之间
某个地方。

整个事情花费不到一分钟
和剩下的世界。

梦见行刑

我和一群人站在一起，
他们像我一样，
当意识到他们正排着队等待
被杀死时，为时已晚。
此前一切都令人愉快：
我们说笑话讲故事，
递香烟和饮料，
天气也极好，
既不太热也不太冷。

当我走近行刑人，我注意到
他正在使用的机器
是我自己发明的，
如果他单独留给我一分钟
我可能已经辨认出了专利号。
但这于事无补。
他砍掉我的头，在那个地方
我只是站着，观察
当那些排在我后面的人
也让他们的头被砍了下来——

刚被行刑的人都嚷着同样的话，
那也是
我后来一开始说的话：
"我怎么这么蠢！
我怎么这么蠢！"

就是这样，我做了个梦，
梦中窗户对着夜莺敞开，
还有一支蜡烛在床头柜上燃烧，
我对于我们的真实处境
有了十足清晰的意识。

壁　画

我几乎入睡
当一种黑色的感觉
在正形成的白色感觉间
跃起。

它狂暴如一场地震，
但更持久。
一切都僵硬，一切都破裂，
我的生命变成了一幅壁画。

一千年的监禁
在我面前
然后我才能再次移动。

有什么关系，如果你躺在
另一个人怀里？

如今我必得离去。

在这黑暗发霉的房间外面

水在阳光下流淌，
闪亮的树林勾勒出海岸，

夜晚，年轻的恋人们
在桥上谈情说爱。

今夜，我的睡眠将平静
如一块白石头的影子
投在海底。

梦见法警

法警出现，和一个警察、一个医生一起，
还有这个笨手笨脚的装置，当我意识到是
一张便携式手术台，为时已晚。
他们说不能对我置之不理，
每次他们切去某个东西，都会在他们带来的清单上
划掉一笔我的债务。
我的目光在倒数第二项，然后就只剩下心脏。
"我真心抱歉，"法警说，
我在他的声音里察觉到一丝
近乎怜悯的东西，"你还欠
一大笔，所以我们只能选择挖出你的心。"
这是我所知道的最强烈的痛苦，
你无法相信会在梦中发生的一种痛苦。
它疼痛的程度正像是每当我想起你
又被愤怒、疾病和无目标的嫉妒突然支配。

尖 叫

我本来已经尖叫了
如果不是因为天空。
我本来已经离开了
如果不是因为大地。
我本来已经说出了一切
如果不是因为大海。

天空被云遮蔽。
大地裸露，开裂，尘土飞扬。
大海真是无物
比起我们之间的距离。

梦见妈妈

在公交站的雪中，我发现了妈妈，
黯淡，僵硬，
脆弱得像一块煤
而雪又让我更眩晕。
当我能再次看时
在那团肮脏的烂泥中
她几乎无法辨认。
她想站起来，却做不到，
而我够不到她
因为我睡在一个远方的国家。

"如今我明白你的意思了，"她说，
"当你说我们回来，
从来不是回到同一所房子
哪怕我们刚刚去了商店。
有些东西已经变了。别人
　　　已经住在那里。
如果只是你们自己
那也没有区别。
东西已被移走，形成

一个扭曲的镜子，

也许是一个望远镜，

无论如何，我们看到自己

非常远，远。"

我没有回答，我的思绪已经到了

那条狭窄的后街，

那里总是黑暗，地下室商店

在18号。"他们那里卖什么？

我必须弄明白。"我想。

"那后面的街道——叫什么？"

此时，公交站的人

开始进入我，一个接一个。

他们的衣服是冷的，散发着

来自本世纪上半叶的冬天的臭气，

他们的呼吸让我感到恶心。

那里的道路一分为三，去欧登塞①

去墨西哥，和去十七世纪

我沿路走下，到一个黑暗的悬崖，

在闪亮的橄榄树下醒来

那里到处是蝉——

必定是它的喧闹声让我梦见了

—————————

① 欧登塞（Odense），丹麦东部港口。

铁轨和金属的车轮。

还有美人鱼躺在我身边，

就我所记得的，她的头发里还有海草。

几乎是家

自从非常清楚地了解了它是什么
我一直把它藏起来
让我的目光在风景中飘荡
飘到山坡上，那里有蜻蜓和盛开的金雀花
闪亮璀璨
像曾经在我唇上的那个名字。

我只需要
走几步，就能忘掉它
和朋友们喝酒、玩纸牌
让我心里充满了其他想法。

此时，它似乎又回来了
但变了样子
就像一直注视着我
变老，在同一条街上
在同样严肃的钟声里——
那钟声每晚响起
无法察觉到与前一天的不同。

起初，几小时，然后几天
最后整整几个月
到达那个湖的对岸：
它的回声在那里最清晰

远远地进入闪亮的田野
那时，作物的沙沙声几乎将它淹没。

卡萨布兰卡

我梦见一所海边的房子，那么白
所以那不是梦。

那个夏天的夜晚是如此美妙澄澈
夏天已经过去很久。

我看见我的爱人站在门口，
看见她已被我抛弃。

我梦见一所海边的房子，那么白，
梦见我的爱人和那个夏夜

虽然那是很久以前
虽然那不是梦。

离岸风

（2001）

从山谷中的山谷

那么明亮像夏天，
那么暗像我。
在像后来那样之前它是这样，
那么晚，像平常。

夏天移动，从山谷到山谷。
街道弯曲，变暗又叹息
自从它们不能一起到来。
白色石头已经耗尽那么多光
所以光不再发现任何东西。
逝去的岁月在阴影中取代了珍珠贝。

我甚至数不完我的伤心事，
所有那些过世的人。

参差不齐的云朵投下坚硬的影子
在常春藤和墙壁上：
我想着离开

又奇怪地觉得欢欣。

那么明亮，像夏天，
那么晚，像平常。

大教堂

一切中最可怕的
是真实。

谁不愿意快乐地死去
像紫丁香上的五月雨水
或沟渠边的野胡萝卜？

狂热者不知道
他们知道这些。

我飞过一月的那个夜晚
低低掠过白雪覆盖的欧洲
一座座大教堂
把它们的光投在白雪上：

我还从未见过
从未如此清晰。

复 活

死亡的月份之后是复活的月份：
二月。在一间冰冷的浴室里
你赤身站立，长着黑色的翅膀。
水不会流。世界不会转动。
窗户不会打开。而站在那儿的那个家伙
只是看起来有一点儿像你。

事实上，你有缺陷。是这个月份。
时间太短，无法做对任何事。
你的翅膀结果是没有用的，然后你又惊恐地
发现，你糟糕透顶，
像是在警告还会有更加糟糕的事儿发生。

门后挂着一件制服
口袋里有说明。
逃跑的价格：只要
说你是拿破仑，他们就会相信你。

当然，其他所有人也是拿破仑。

科索沃战争笔记

在地下室，我什么都看不见
因为我戴着太阳镜——
当我终于摘下太阳镜，才明白过来，
一阵怒火，把它扔到一旁。

此刻我坐在这里，大海一片模糊
因为我戴着老花镜，
我甚至无法看清我正在写的东西
因为阳光太强。

我一直戴着老花镜
因为固执，因为没有什么力量
会强迫我到地下室寻找我的太阳镜。
这就是我的生活。人类的生活。

所以，战争继续。

下　雨

天在下雨。
因为在下雨
所以它除了下雨，无所事事。
实际上
除了下雨，从没有任何事，
而所有的梦
都是关于天在下雨这个事实。

天在下雨，
这并非在很小程度上是我的错。
这是我的错
因为我出生是我的错。

我出生是因为我自己
曾经撒过关于雨的谎言：
有一次我说过
"然后太阳破云而出
照亮了一面白色山墙"

这是个谎言。

所以我因为天在下雨
而出生。

所以天下雨。

下雨天我怎么样
现在你明白了吗?

地狱与天堂

某物跌出了宇宙
造成这个巨大的、深深的火山口，
但深洞里面
什么也没有。
——所以如今每个星期天
他们站在边上，盯着下面，
为此
把它叫作"地狱"。

在它旁边是另外一个洞
底部
一个小教堂，
你可以沿着楼梯
到那儿，
然后从洞里向上仰望。
——那个洞
他们称作"天堂"。

来自公寓大楼的风景

那听起来像大海的
只是车流，赶着回家。

甚至在我最深的梦里
我也知道我在做梦，

正如生活知道它是死亡
关于醒来的梦。

当我有时候睁开眼睛
我以为我恰好能瞥见大海。

但那时只是一辆轿车
向我驶来。

论活着的优势及其他

当灯光亮着
我改变了想法，继续走。
当屋子黑暗
我再无法找到纸和笔。
当苹果树是绿色的，
它失去了花朵。
当春天结束
它失去了我们失去的一切。

多年前，因为准备写一篇文章
论"活着的优势及其他"
在一个苹果花盛开的晚上
我做了这条笔记。

自己的鬼魂

我忘记关掉的床头灯

弄醒了我，在外面森林里。

"真是见鬼了！"我大声说

尽管我是一个人

而且这房子也是我的。

我蹑手蹑脚绕着房子，但没敢进去。

我想方设法往回走

穿过长刺的灌木

回到书中我睡着的地方，

去印度的火车就要到了。

但由于辅音

早已从我的名字中被撕掉了

我到了错误的火车站。

在站台长椅上，坐着一个人

后来发现是死神

因为他举起

他的红酒杯对着月亮的样子。

最后一班火车还没有走，他说。

我们为此打赌。

令我惊讶的是，我赢了

而从那时起我再也无法入睡。

女主人公画像，远在海上

这个夏天结束了。
它与其他夏天的相似
其程度正如它们彼此相似
又不同

正如复活岛的雕像
睁开了眼睛
在一个人转身背向它们的一瞬间。

而每个夏天
回忆都比所发生的更多。

对管子工的恳求

我过去常用"痛苦"这个词
就如同一个人谈到
堵塞的厨房水槽。
此刻秋天的光让盘子上的油脂
看起来那么像残留的化妆品
以至于很难想起该怎么称呼他们
那些修理厨房水槽的家伙，
可"管子工"这个词
当你终于想起时，
他说两个小时内来不了，
然后两个小时后露了面。
然后就到了晚上
像平常一样，
你去电影院
一个人，看一部
到厨房水槽下一次坏掉时
你早就忘记的电影，
剩下的事就是回家，
在黑暗中躺着，醒着，
想着你用错的其他

所有词语，和变糟糕的一切，
以及所有那些
因为不想和你在一起而离去的人
——所以，或许这才是
可称为痛苦的事情。

叶海龙

（2004）

仲夏十四行诗

不要制造多余之物。一切已经太多。

如果我称此为十四行诗，只是因为接骨木在开花，

如果我把接骨木花称作接骨木花，与

十四行诗包含了十四行是同样的理由。

按同样的逻辑，恐龙必须出现在第五行

提醒我们这也是关于力量和智力

之间的联系：它发育不良的前腿

无助地隔开电视屏幕上的空气，绝望中

它的猎物逃走。因此，第十行

将谈论一个老人和他的变态的凶残儿子——

他在美国某个地方，可以结束这个夏夜

像我关掉电视一样。这是第十二行。

第十四行必须借着接骨木花的光亮来读，

这样，之前到来的就可以返回：怪异而清晰。

点

我们已经到达
那个叫仲夏的时间。
那开始得如此顺利的
必定在此停下。

那在此停下的，是曾经
开始得如此顺利的。
这就是一切。
就这样。在此停下。

就像独自在这个世界上
说着"家"这个词。
就像听着那个句子
"你的女友死了"。

太阳不可能消失
因为从未留下，也就无从消失。
风吹，树木轻摇
来自树冠的所有黑暗。

一场噩梦之后

当我醒来时，盖子
就盖在锅上，
食人族什么都没有
留下，除了在空气中
回响着奇怪的名字。

床头柜上，一张书签从书里挺出来
正巧是我的地方，
当我把脚从床上搭下来
我看见我的鞋带
就在我的鞋子上。
旁边，我的袜子。

床底下没有鳄鱼，
躲在门后的
蜘蛛
早就不见了。

我的头和胳膊
并没有被丢在一边

各自在一个
黑色塑料袋里，
而是仍牢牢地在我身上。

我可以走动，没有流血。
我的腹部感觉不到
一点点儿的疼痛。

厨柜上放着一台咖啡机。
一台平常的旧咖啡机
在渗过花窗帘进来的
近午的光亮里。

它们看起来需要刷洗。
天气
像四月中旬。

当水沸腾
房子听起来如此空荡。

所有我爱过的
死去已久。

俳句五首

1

盛开的雪花莲！
一整年，你在哪里？我
也想去那里。

2

不寻常的光：
一半秋天一半春天，一半
可见，一半是我。

3

我不想要。
不想再要一年。更想
要一百个春天。

4

何为自哀？
一种软体动物长了虎爪
在它的心脏深处。

5

在那里如此高兴。
在这里如此害怕。在路上
经历自我。

我爱到处睡觉

我爱到处睡觉
在陌生房间
和陌生女人
听着屋顶的雨
听着香蕉树刮擦排水沟
听着水管里水声汩汩
隔壁房间里收音机吱吱响。

我爱听女人
突然用陌生语言发出呻吟。

我爱陌生：
每个房间都比下一个房间陌生，
每个女人都比下一个女人陌生，
月光下的庭院里老虎低沉地咆哮。

我爱，当我倾爱
某个人，

并听着这一切

独自在黑暗中。

希　望

我希望我能看到你原来的样子。
不！我希望我能看到
像我希望的你原来的样子。
不！我只是希望你原来是
我那时能看到的某个人。

但如今你太遥远。
所以首先
我希望那时我根本没在这里，
只有你。

而如果我足够长久地望着外面的黄昏，
望着这开花的杏树：

突然间
我所有相互矛盾的
希望，都将成为现实。

白色花瓶

夏天还没有离去
你还没有离去
我还没有离去。

门闭着
午后的太阳温暖了窗玻璃
白桦树的阴影遮暗了

黑色桌子上的尘土
和白色花瓶。
炉子依旧在那里。

快　乐

快乐像一只沙漏
我们一直转啊转啊
让它持续。
而它漏下的，是悲伤。

塔拉萨①

我画了一幅画，是那种
它所表现的东西
看起来愈远，就看起来愈像
它之所是。

我用文字
画了这幅画。

亲眼看看你已经
那么遥远
离你认为看起来像大海的地方，
当它进入视野
在山毛榉树的新叶之间，
还有钓鱼码头和海鸥，
那里乳白色的下午持续更久
超过了你可能
在此心境下流连的时间。

---

① 塔拉萨（Thalassa），希腊神话中的海水女神，也是地中海的人格化称呼。

词语欺骗
丝毫不亚于颜色
所以我也说到了它
和颜色一起。

因为颜色跟鞣制或挖掘
都不押韵，
或者接近，像胡达文迪加——
这是一个街名
对我来说特别珍贵
因为这些海鸥总是在那儿。

港口与琥珀不押韵，
即使此刻港口如琥珀一般金黄，
那里有鹿出现在树林边缘，
也许在塔拉萨。

是的，极远，
远之又远，在塔拉萨。

救 赎

我不能一直
等到夏天结束!
当风呼啸,
如此喧嚣,远处的树冲过来,
天早早变暗
黄色金盏花的光芒如此明亮
梦游者
可以找到从屋顶和教堂塔楼下来的办法
我也可以忘记我是谁
和吃掉我所有衣物的飞蛾
在街灯下蒙蒙细雨中跳舞。

十二月底

日子不再变短，
生命不再变长，
死者不再靠得更近。

没有什么
比在这低处阳光的阴影里所写的
感到更遥远

访问时间

（2007）

解　剖

即使切碎一具尸体
也无法教会你该如何
与你体内的死亡一起生活。
　　那是夏天所做的：

当你站在外面树林里，听到
雨水的声音，像生者
关联着死者，
　　切片，哼哼，大嚼，放屁

直到你感到虫子在你内部变得乏味，
渴望着变成绿叶。
肉、血和骨头是我们，正如同阳光，
　　移动的阴影。

备　忘

1

每个灵魂呼吸
都为了它所恨的身体，
但它为了死亡
把自己卖给了身体。

2

只要我的骨骼
从不离弃我
我就永远不孤独。

3

当我转身背向大海
没有我，它仍继续。

俳　句

百叶窗上的夕阳：
这冰冷合页上
迟来的夏天和死亡。

宣　言

但愿我能写一首诗
必须是未写下的一行
世上每首诗都以它开头。
如今我已写了这首诗。
至少它赋予这些词语一定的分量。
也不要期待押韵，因为我一直讨厌押韵。
和大多数人不同，
我要记住押韵诗很困难
但我能背诵一百万首无韵诗，
包括这一首，当我把它写完。
我经常以为韵脚会把自己绊倒，
仿佛押韵像足球一样，
和大多数人不同，
我对足球不狂热。
还有什么？我不喜欢面包房的味道
但我喜欢屠夫的味道
尽管我反对杀害动物。
当超过三个人开始和我想到
同样的事情，我知道至少有一个是错的。
所以我说：废除君主制，

释放家庭宠物！

我在此发表我的宣言

以一首无韵诗的形式。

这是一个宣言，因为这些词语的逻辑意义。

这是一首诗，因为我说了它本来的样子。

水 母

大海里到处是水母。

它们统治大海就像我们统治地球。

水母和人比起来可能显得柔弱，

但在它们的环境里

人更柔弱。

它们死亡时你才明白这些。

水母在海滩上变干，径直消失。

但人先变硬，然后那么软，

他们一直不消失，

而他们的骨头报复那些

没有用一个吻给他们合上眼睛的人。

他们用光秃秃的牙齿嘲笑我们。

人不得不把自己变成铁

以便抵达彼此的心脏。

他们爱黑土地，它吃心脏，

黑土地，它爱白骨。

我爱白色海滩，

水母在那里的白沙上消失，

不留痕迹，一如海水自己，

以及鹬的鸣叫，海的波浪，

轻柔地重复着它们自己。

晚夏第一天

最后，太阳燃尽。
那看起来像面具的
只是它自身：
此刻一无所剩
在光与它的源头之间。
静止的旷野
收聚尘土。
树木站立，又冷又硬。
房屋最后一次
露面。
它们的表情如此清晰
且不可思议，像塔罗牌，
让你一瞬间能如此清晰地
看到未来
仿佛它就在你面前。

附录

亨里克·诺德布兰德诗集列表

丹麦语诗集

《诗》（Digte），1966年，83页

《缩影》（Miniaturer），1967年，62页

《七个沉睡者》（Syvsoverne），1969年，71页

《周围》（Omgivelser），1972年，56页

《离开与抵达》（Opbrud og ankomster），1974年，72页

《乌贼颂及其他情诗》（Ode til blæksprutten og andre kærligheds-digte），1975年，55页

《玻璃》（Glas），1976年，63页

《冰河时期》[Istid（Ice age）]，1977年，92页

《上帝之家》（Guds hus），1977年，41页

《莱斯博斯的玫瑰》（诗选）（Rosen fra Lesbos: et udvalg），

1979年，83页

《鬼魂游戏》（Spøgelseslege），1979年，73页

《防御门下的风》（Forsvar for vinden under døren），1980年，66页

《诗选》（Udvalgte Digte），1981年，129页

《亚美尼亚》（Armenia），1982年，53页

《84诗》（84 digte），1984年，125页

《小提琴制作者的城市》（Violinbyggernes by），1985年，48页

《十一月，手的颤抖》（Håndens skælven i November），1986年，91页

《陵墓下》（Under mausolæet），1987年，109页

《水位仪》（Vandspejlet），1989年，52页

《遗忘之地》（Glemmesteder），1991年，59页

《尘土的重量》（Støvets tyngde），1992年，75页

《天堂门口的蠕虫》（Ormene ved himlens port），1995年，61页

《梦桥》［Drømmebroer（Dreambridges）］，1998年，52页

《自己的诗》（诗选）（Egne digte），1999年，289页

《离岸风》（Fralandsvind digte），2001年，71页

《叶海龙》（Pjaltefisk），2004年，63页

《访问时间》（Besøgstid），2007年，52页

《我们丹麦人》（Vi danskere），2010年，44页

《3 ½ D》，2012年，77页

《100首诗》（诗选）（100 digte：et udvalg），2014年，129页

《时差》（Jetlag digte），2015年，47页

《美国大复仇》（Den store amerikanske hævn og andre digte），2017年，69页

《如此早晨》（Så en morgen），2021年，60页

英语诗集

《诗选》（Selected Poems），1978年，83页

《上帝之家》（God's house），1979年，39页

《亚美尼亚》（Armenia），1984年，53页

《我的生活我的梦》（诗选）（My Life，My Dream），2002年，70页

《绞刑吏的悲叹》（诗选）（The Hangman's Lament：Poems），2003年，180页

《当我们离开彼此》（诗选）（When we leave each other），2013年，165页

译后记

如果我们能用"回家"这个词

　　作为当代丹麦诗人，亨里克·诺德布兰德"已被公认为他的祖国的真正杰出诗人之一，不仅是他的时代，而且是整个20世纪"。但吊诡的是，他从1960年代离开丹麦，四十年里大多住在土耳其、希腊等地中海国家，在诗歌写作中更是有意识地拒绝丹麦元素。早在1992年，丹麦文艺理论家吐尔本·勃劳斯特罗姆在首届中丹文学研讨会上介绍丹麦抒情诗时专门介绍了亨里克·诺德布兰德："在我看来，正是这个不愿意作为丹麦人的诗人体现了丹麦人的特殊性格，他是一个喜欢旅行的人，一个有音乐天赋的人，一个喜欢讲故事的人，一个失意的情人，难以接近但不冷漠。"其他评论者也注意到他难以接近、离群索居的一面："他是一个隐士作家，通常会避开读诗会和访谈，居住在地中海地区。"无论如何，这个当代丹麦诗歌的杰出代表都是一位另类的丹麦诗人。

1

亨里克·诺德布兰德1945年3月21日生于哥本哈根近郊腓特烈堡。那时第二次世界大战尚未结束，丹麦在纳粹德国占领之下，碰巧他出生后一小时，发生了盟军对位于哥本哈根市区的盖世太保总部（谢尔大厦）的大轰炸，这次轰炸也因坠机及误炸附近一所法语学校而造成儿童死亡的悲剧。多年后诺德布兰德将他的焦虑感部分归因于他伴着大轰炸出生这个事实。他写过多首与战争相关的诗作，如《科索沃战争笔记》《内战》《地方新闻》，透露出他终生对战争的关注，甚至他在2001年出版的诗集中还收录了一首《记忆中的谢尔大厦》。1999年联合国教科文组织选定3月21日为"世界诗歌日"，庆贺活动在古希腊人所认为的世界中心德尔斐举办，并邀请他参加。诺德布兰德有一首《德尔斐题记》，对此不无调侃。

在战后的丹麦，亨里克是个"问题儿童"，缺少父母关爱，疾病缠身，常年闷闷不乐。他有一个遥不可及的当海军军官的父亲，和一个在政府部门工作的母亲，父母明显对他照顾不够。他后来讲述此事，说他母亲当时接受了一种育儿理论，对他"非必要不触摸"，让他以为自己被忽略了。他的这段幼年经历甚至被心理学家当成了案例："丹麦诗人诺德布兰德在关于他1950年代在丹麦度过可怕童年的回忆录中，提供了一个适当的案例。"他不喜欢学校，不愿意学习读写，甚至无法专心听讲，经常逃学到树林里玩，到了冬天就生病，整天躺在床上。这让人想起美国作家威廉·福克纳，他少年时也不喜欢上学，往往到棒球季足球季才去学校，一到体育淡季就退学回家。

当然，小亨里克在冬天确实是病了，从10月到次年4月经常躺在床上，主要是耳鼻喉慢性感染——逃离丹麦的冬天，也是他后来长期生活在地中海地区的一个重要原因。他还一度被认为智力发育迟缓，直到五年级时，他被送到学校的心理医生那里，医生说他跟别的孩子一样聪明，甚至更聪明。他从此开始用心学习，尤其是数学和写作。诺德布兰德不喜欢上学，似乎更难合群。据说他读小学时常带着小刀防身，读中学时有一次因为被法语老师恐吓，干脆朝讲台上扔了一把椅子，一走了之。十六岁时，他因为厌食症，体重只有三十九公斤，而且总是梦见骷髅跳舞，一度住进了国立医院精神科病房。

诺德布兰德在哥本哈根大学学习汉语、土耳其语和阿拉伯语。通常资料这么介绍，具体情况扑朔迷离，说法不一。比较可信的是，他1965年进入大学，1967年还没毕业就退学去了希腊，后来又回来短期学习外语，但一直没有取得学位。可以确定，他在此幸运地遇到了两名对他产生终生影响的老师——丹麦作家、评论家波尔·博鲁姆和诗人英格尔·克里斯坦森，他的终生职业方向发生了根本性的转变。有论者直接把他称作克里斯坦森的学生，但也没忘记提醒一句："虽然两人的诗歌几无相同之处。"

2

1966年，二十一岁的诺德布兰德出版了第一本诗集《诗》，显示出非同寻常的艺术天分。他的一位英译者汤姆·萨特利转述了丹麦批评家托马斯·布列兹托夫的解释，当时丹麦诗人对隐喻极为重视，但也日益刻板，而诺德布兰德出手不凡，给隐喻赋予丰富的内涵，并以诗集里的两行诗为例进行解析："风把我的衣服从敞开的窗口刮走／我来不及看清谁穿上了它。"首先，这两行诗初看只是诗人奇怪的感知——自己像一只刚脱壳的昆虫，正在回望自己的外壳——但这两行诗还在仿写隐喻，因为它们把不同的两个"我"，即作为述说人的"我"和被述说的"我"，联系在一起。

诺德布兰德以处女诗集受到关注，转年即获得丹麦艺术委员会的一笔资助，与女友一起去了希腊，开始了他短暂的第一次婚姻（1970年离婚），也开始了他漫长的自我放逐。此后数十年间，他大部分时间都居住在地中海国家，主要是土耳其、希腊，还有西班牙、意大利、以色列、塞浦路斯……显然，冬季温和多雨的地中海地区，可以让他摆脱与丹麦冬天相关的童年梦魇，而地中海地区的文化对他更是充满吸引力："离这儿不远就是希罗多德的出生地，再过去三百公里多一点儿，苏格拉底在那儿形成了一种反映了这种风景的观点：这儿是光，那儿是影，没有模糊地带，没有非理性恶魔的孕育地。"诺德布兰德这段话清晰地表明了他对希腊文明的向往。

与此对应的是他对丹麦的抵触，正如他多年来以对丹麦的批评闻名。他说："我对丹麦不舒服。我真想哄自己说我喜欢它。哥本哈根……像一座监狱。"当然还有成长环境导致的精神方面的原因，如他所说："我一直感到无家可归，但只有在一个你没有家的地方，这种感觉才更让人满足，这里有某种逻辑。"多年后，他在一次访谈中谈到对丹麦的远离，说自己不曾是任何一个团体的成员："文学背景会轻易导致近亲繁殖。很幸运我老早就长期远离丹麦，这种状态让我成为那个背景的局外人，非常适合我。"此后数十年里，他漂泊异国，辗转不定，情路坎坷，离群索居……命运似乎有意成就他的诗人生涯。

诺德布兰德的处女集有较强的实验成分，有极浓的现代主义气息，显得夸张、散乱，次年出版的诗集《缩影》（1967）则明显改观，有些诗已经展示出他之后数十年写作的特征，堪称优秀之作，如《德国士兵的坟墓》一诗：

德国士兵的坟墓

现在，这些骨骸暴露
在腐殖土和黏土的分界处，像被撕裂的
心脏敞露于伤口。如果它们仍然

跳动，能听见它们的只有鼹鼠
瞎眼的鼹鼠和蛰伏过冬的
昆虫的幼虫。

为了你的日记，亲爱的，
我注意到太阳即将下沉。十月
树叶飘落，你会说，像一支轻柔的葬礼进行曲。

但还有另一种声音。泥土
落入泥土的声音，在泥土循环中埋入
泥土的一个共鸣箱。风，一无所知的风

已成为它们自己的答案。正在保证：
薄薄一层骨骸
将我们与形而上学分开。

这首诗后来又收入他的第一本英文诗选，1978年在美国出版。1993年，正在读创意写作的汤姆·萨特利在图书馆遇到这首诗，被深深打动，他后来也成了诺德布兰德的英译者，并于2003年出版了诺德布兰德的英译诗选《绞刑史的悲叹》。2015年，笔者正是由这本诗选而喜欢上了这位丹麦诗人。

诺德布兰德在1960年代的最后一本诗集——《七个沉睡者》（1969），和他1970年代的前两本诗集——《周围》（1972）和《离开与抵达》（1974），显露出他走向成熟的印迹。诗集《七个沉睡者》中的诗作《透过希腊的雨，在土耳其咖啡里看到的中国》《陶土头像》以细腻笔触开拓想象的世界，表现了极高的艺术天分。诗集《周围》的标题取自美国诗人华莱士·史蒂文斯的诗《理论》第一行"我即我周围之物"，对应这本诗集中《当一个人死去》一诗的开头两行"当一个人死去／他周围的环境依旧存在"，另一首《1971年10月20日》写道："这个场景类似于／斯科特·菲茨杰拉德／已经完成了／《了不起的盖茨比》／但还没有开始／迷恋上酗酒。"这些提示了诺德布兰德的漫游时代也是他的学习时代，提示他与同时代欧美文学的互文关系。

这一时期的诗作，抒写他作为旅行者或漂泊者的际遇，以及与周围世界的关系。如《当我们离开彼此》一诗记录了他漂泊路上黯淡的风景与爱情的丧失，而《雅典》一诗让我们对他的"旅行"似有所悟："我们把这个城市称作雅典／但仍然不可能／真正抵达了雅典／既然这个地方无法应和／我们的记忆或想象。"是的，在诺德布兰德的诗歌中，异国他乡的旅行更像是一场认识自我的历程，所以有论者说他的诗集《离开与抵达》"是一场奥德修斯飘流，穿越于陌生而激动人心的风景，而其距离让我们越来越深入我们自己"。这层涵义在《无论我们去哪里》一诗结尾处有一个悖论式的清晰表达："无论我们在哪条河里细看倒影／都只在转过身的时候，才看见我们自己。"这一时期的名作还包括《在一个地中海港口》《雅典》《在旷野上》《果仁蜜饼》《遗像》《爱琴海》《回家》《内战》。

1970年代的第三本诗集《乌贼颂及其他情诗》（1975）和前一年的《离开与抵达》、后一年的《玻璃》（1976）合称为他的地中海三部曲。《乌贼颂及其他情诗》是情诗集，扉页上引用了土耳其诗人尤努斯·埃姆雷的情诗。诗集的标题诗中写道，"它生活在深水里／在黑暗、怪诞的洞穴里／从死亡水手的灵魂里提炼墨汁"，显示这远非通常的爱情诗。但像《航行》一诗所写，"像两只航船如此热烈地享受／他们劈开幽暗之水的自己的线条，／他们的船体／几乎正从纯粹的喜悦中迸裂出来／当全速行进，在碧蓝中，在／夜风以花香和月光／涨满的风帆下"，真是力与美的完美融合。这本诗集包括《莱斯博斯的玫瑰》《姿态》《三月末的日子》《如今我可以不再用你》《航行》《我们的爱像拜占庭》《微笑》等早期名篇，其中《莱斯博斯的玫瑰》被用作他的第一本诗选（1979）的标题诗，至此，诺德布兰德获得了"爱情诗人"的称号。

1970年代最后三年，诺德布兰德出版了三本诗集：《冰河时期》（1977），《上帝之家》（1977），《鬼魂游戏》（1979）。其中《上帝之家》正文只有41页，围绕希腊赛米岛上一处建在悬崖上、被称作"上帝之家"的房屋展开，主题部分由26首无题诗组成，思想驳杂，颇似各种宗教思想碎片的熔炉，在他早期写作中可谓小而重要。这一年即1977年，诺德布兰德有一次美国旅行，7月份他在纽约登记结婚——他的早期英文译者亚历山大·泰勒提到在他们持续两周的合作翻译期间，诗人的新婚妻子从论文写作中抽身，帮忙打字、协助修改等。这本英文诗选次年出版，这次婚姻持续到1983年。

3

得益于二战后北欧的经济繁荣、政府对文学艺术的资助以及良好的出版制度，诺德布兰德实现了以写作为生，保持了较高的产量、质量和较均匀的出版速度。和1970年代一样，他在1980年代出版了七本诗集：《防御门下的风》（1980）、《亚美尼亚》（1982）、《84诗》（1984）、《小提琴制作者的城市》（1985）、《十一月，手的颤抖》（1986）、《陵墓下》（1987）、《水位仪》（1989）。其中《84诗》（1984）对于他颇具标志性意义，不仅获年度丹麦文学评论奖，而且获北欧最高文学奖北欧理事会文学奖提名，此后《陵墓下》（1987）、《水位仪》（1989）又两次获得提名。考虑到北欧理事会文学奖每年只授予一部作品，三次提名足以说明他此时在北欧文学界的影响力。

我们这里讨论《小提琴制作者的城市》（1985）、《十一月，手的颤抖》（1986）、《陵墓下》（1987）三本诗集。诗集《小提琴制作者的城市》的一则书评里提到："许多读者好奇，诗中提及的那个女人是否真的存在？"其实诺德布兰德写的都是已经丧失的、已经离开的，当然，最重要的，是他难以忘怀的。如《心烦意乱》一诗所写："哦，无名的爱人！／我既想不起你说过的／你叫什么名字，／又忘不了你的脸和眼睛。／甚至你留在还没整理的／床上的依稀的香味……"甚至还包括他从未经历过的，如《邮局》一诗的中间部分：

比如，在开始写这些诗行之前

我对委内瑞拉一无所知

而现在已经卷入了那里

一场美妙但无望的爱情

——而且更糟糕的

是与总统的十七岁情妇

　　玛格丽特，或者罗西塔

或者不管她在委内瑞拉叫什么

总之是一个妖娆的拉丁美人

爱情昙花一现。而这一切烦恼

只是因为天气是如此美妙，我绝对

　　不得不写

关于我如何走过邮局

而无法让自己进去

于是坐在外面懒洋洋地晒太阳

直到他们关门。这种情况已经持续了

　　一个星期。

　　读诺德布兰德的诗，我们无须区分客观与主观、现实与想象、身体与灵魂等对立的概念，这些在他的诗中反倒是相互证明、相互依存、相互转化的。如《他们说灵魂并不存在》一诗所写"他们说灵魂并不存在／但是当我看见／你在我灵魂上做的标记／我知道它确实存在"，又如《致尤加利树》第一首说"月亮、风和尤加利树：／构成我的梦的／三个同等的部分"，而诗人强调的是梦借此而生："但如果没有尤加利树／梦不会存在。"毋宁说，他笔下的万般存在只是在诗歌中达成和解，在诗歌中存在，所以也就无需追问诗中"那个女人"是否真的存在，毕竟他的诗歌所做的，是追忆、寻找，而他所追忆、寻找的那个人此时此刻总不在场，正如这本诗集的标题诗所提示的：

> "小提琴制作者的城市"，我已经常
>
> 这样称呼那个地方，在那里搜寻
>
> 你的灵魂偏爱的逗留之处
>
> 你的忧郁的林地表面，和掠过你脸颊的
>
> 光亮中那种特别的色调……

《十一月，手的颤抖》是诺德布兰德又一部令人激动的诗集，由九十一首"鲁拜体"四行诗组成，扉页引用了波斯诗人莪默的一首四行诗，提示了这本思想驳杂的诗集的形式来源、部分背景和思想传统，其中有些思想观念在1977年诗集《上帝之家》中已经有所流露。

诗集《陵墓下》让人想到唐代诗人李贺的名句"西陵下，风吹雨"，这里"陵墓"指被称作古代世界七大奇迹之一的摩索拉斯陵墓（mausolæet），位于土耳其的博德鲁姆——这座港口城市也是希腊"历史之父"希罗多德的出生地。博德鲁姆城堡中有一个水下考古博物馆，这给他的早期名作《果仁蜜饼》中的诗句"就像那片被淹没的墓地，去年夏天／我们潜水进去寻找双耳陶罐"提供了一个可能的现实背景。这本诗集展示出一种明显的创造力和变化的美，包括了《绞刑吏的悲叹》《螺丝》《玻璃战士》《小传》《即使》等名篇，像《绞刑吏的悲叹》这样有趣的诗在诺德布兰德整个诗歌中并不多见：

绞刑吏的悲叹

对一个盗贼怎么处置？
你绞死他，当然。
你在广场上绞死他，
任他挂在绳子上
直到被太阳晒焦，
皮肉从骨头上脱落。

但其他盗贼会偷走骨头，
把它们带到山里。
当小村里灯火亮起，
他们会告诉我们
他们又从我们这里得了手
——不啻于抢劫了两次。

我们怒气冲冲，从窗户
扔下花盆，调料罐，
撒下白云般的面粉，
拿工具打碎木箱。
我们敲碎镜子，
撬起地板，
想弄清楚他们偷了什么。

那时我们听到一阵胜利的叫喊。
从四面八方我们一路奔跑

到广场。

盗贼已经偷走了它的一角。

我们绞死更多盗贼。

其他盗贼

从我们这里偷走他们的骨头。

他们偷走广场的一角，

然后整个广场，

然后另一个广场。

最终他们会偷走所有的广场。

贼灯闪烁

在黑暗的山坡上。

他们的堂兄弟

和他们皮包骨头的侄女们

会偷偷地相互瞥一眼。

很快我们将是苦恼的少数人，

我们绞刑吏。

我们将被迫居住在

小镇边上

光线模糊的小屋里，

我们特有的行话最终变成了

一种没人听懂的语言。

二十年高产之后，诺德布兰德的诗歌写作放慢了节奏，整个1990年代出版了四本诗集：《遗忘之地》（1991）、《尘土的重量》（1992）、《天堂门口的蠕虫》（1995）、《梦桥》（1998）。《尘土的重量》的标题提示了诗集的指向，除《莱夫卡斯岛》《十字路口》等名作之外，这本诗集中的散文诗也让人耳目一新，当然，否定的底色没有改变，如《汤碗》：

汤 碗

我在黑暗中停下，点上一根烟。从森林边缘的一个窗口，光亮溢了出来，照着积满秋雨的车辙。我让寒冷渗透我的衣物，那时我发现自己正窥视一个女人，正如她被餐桌前一张椭圆形的镜子捕获，还捧着一只热气腾腾的白瓷汤碗。她专注地凝视前面，尽可能越过她自己在镜中的形象。我喜欢这样想：当她把汤放在桌子上时，我还能听到她的叹息声，还能看到表面浮着的珍珠般的油脂，闻到饺子的香气。我并不相信我可能回到那个地方，或是回到任何与它类似的地方。

诗集《天堂门口的蠕虫》的标题取自华莱士·史蒂文斯的一首早期同名诗，背景是诗人四年前的爱情悲剧。原来，诺德布兰德此前经历过两次破裂的婚姻，在1990年代初，他遇到了他的真爱、小他十八岁的伴侣英格丽，心思归宿、谈婚论嫁之时，英格丽突然因血栓症过世，时年二十八岁。诗人问自己：爱人过世后，世界还有什么意义？《在入口处》第三首写道："关于这世界，我能说什么？／除了说，盛在瓮里的你的骨灰／在这世界上。"但漂泊中的诗人发现事实并非如此，甚至相反，如《在入口处》第四首所写：

在入口处（4）

每一段旅程中你都在我前面。
在站台上，我看到了新雪中你的脚印。
当火车开始移动
你从后面车厢里跳出来

赶在我之前到达下一站。

这本诗集背景是诗人四年前的爱情悲剧，但这世界上还有其他悲剧，如下面这首所写：

乌古尔、阿萨夫、贝赫切特

那个晚上我去了，绝望地
去了我最常去的酒吧
讲述了前一天
我女友的死亡。
他们在那儿，三人都在：
乌古尔，他出去买了花
要我随身带上

如果我去

出事的地方。

阿萨夫，他后来给了我一幅画，

还有贝赫切特，这个精神科医生

主动要帮助我

应对所谓的"悲痛"。

碰巧他们都在那里

那天晚上，三人

他们两年后被杀害

被一伙狂热分子

以神的名义烧死。

那些干枯的玫瑰

还放在我的车后厢里

阿萨夫的画

在墙上画框里变黄。

至于悲痛

令我惊讶，我可能已经领教了

这个词

那么多年以前

当时折磨我最严重的

是厌倦。

　　三年后，诺德布兰德出版了诗集《梦桥》（1998），52页，此后他第四次获得北欧理事会文学奖提名，最终赢得了这项北欧最高文学奖（2000）。评委会评价这本诗集语言诙谐、笔触锋利，

"一本忧郁和讽刺，俏皮和探索的诗集"，也提醒我们这是一本尖锐、有批判性的诗集。

进入新世纪以来，诺德布兰德出版了八本诗集：《离岸风》（2001）、《叶海龙》（2004）、《访问时间》（2007）、《我们丹麦人》（2010）、《3 ½ D》（2012）、《时差》（2015）、《美国大复仇》（2017）、《如此早晨》（2021）。这些作品在延续前期主题和风格外，诙谐讽刺变得更明显，尤其是《我们丹麦人》，充满了剧烈的夸张、戏谑，如《丹麦皇室真是一桩好买卖》这样的标题。诗集《美国大复仇》则涉及战争、难民潮、童年回忆等更广泛的题材。2021年，七十六岁的诗人推出诗集《如此早晨》，直面衰老、丧失以及失去的爱情，直面无常和死亡，而一切似乎从诗人出生时已经注定："在炸弹落下前几小时／轮到了我／出生。"

5

近三十本诗集之外，诺德布兰德另有多本诗选以及英语、法语、西班牙语、土耳其语等语种的多个译本——诺德布兰德最引以为傲的是他的大部分作品都被翻译成了西班牙语，他在西班牙和南美洲的读者比其他地方都多。诗歌之外，他还创作其他作品，包括犯罪小说、自传、童书、电影剧本，因为热爱美食，他还出版过一本土耳其食谱。

多年来，诺德布兰德的诗歌深受推重。三十岁不到，他就成为丹麦的重要诗人，此后更是获得多种诗歌奖项和荣誉，包括1980年获丹麦文学院奖，1990年获得有"小诺贝尔奖"之称的瑞典文学院北欧奖，2000年获得北欧最高文学奖北欧理事会文学奖，

2014年成为丹麦文学院院士。荣誉众多，他的精神世界和实际生活也有非常大的变化。

诺德布兰德在2007年前后终于返回丹麦，居住在哥本哈根，和结婚不久的妻子以及从中国领养的女儿一起生活。他说："我从来没有这么快乐过。"他寻找童年时喜欢的地方，希望与童年和解，不再做游子，不再做愤青。"你可以称之为治疗"，他在2010年接受访谈时说，感觉如今的幸福前所未有，"我甚至有一点儿布尔乔亚了"。他曾在一首题名《回家的路上》（诗集《水位仪》）的诗中写道："如果我们能用'回家'这个词。"看来，如今他确实能用"回家"这个词了。

6

亨里克·诺德布兰德是用丹麦语写作的丹麦诗人。

说到丹麦，许多人马上想到安徒生童话，想到"卖火柴的小女孩"，尤其是小女孩划燃火柴的画面……碰巧诺德布兰德也有一首写划火柴的短诗《一生》：

一　生

你划一根火柴，它的火焰如此炫目
你无法找到你正在黑暗中寻找的东西
而火柴已经烧到你的手指
疼痛让你忘记遗失了什么。

这首诗中的"你",一个在黑暗中摸索的人,划亮了一根火柴,一时间晃了眼,没找到东西却烧到了手指……这首诗中拥有火柴的"你",和这位漂泊于异国他乡的诗人有几分神似?诺德布兰德说:"多年来我习惯了这种情况:几个月完全不说一句丹麦语。我一直用丹麦语写作,用丹麦语思考,但我也尝试用别的语言思考。"由于长期生活在非丹麦语环境中,他的母语丹麦语脱离了日常用途,成为他的诗歌语言——我们或许可以反向推论:他要经常借助诗歌的光芒返回他的母语,完成某种程度上的精神返乡,补偿他在现实世界的漂泊,但同时,诗歌的火焰又给他的生命带来什么样的灼痛?由此而言,这首诗成了漂泊异乡的诗人的自画像。而《十一月,手的颤抖》第五十一首,颇有些夫子自道的意味:

> 他,那个坐着等待死亡的人,是我。
> 他,那个无法相信死亡的人,是我。
> 他,那个快活地活到现在的人,是我。
> 他,那个无法相信自己已经活过的人,是我。

旅行是诺德布兰德诗歌的主要题材。

"一种忧郁的漂泊感弥漫于亨里克·诺德布兰特的诗歌中。他是20世纪70年代以来丹麦的重要诗人,被称为丹麦文学的'永恒的旅行者':不断地流动、离开和到达的主题是他的诗歌的特点,这些诗歌经常表现出亚洲文学的影响。"三十年浪迹异国他乡,书写自己的旅行生活再自然不过,但他并不倾向于写实,更多是从感受出发,或是在想象力的层面运作,凌空高蹈而不失坚实。比如《莱夫卡斯岛》一诗所写:"我要一张床,你给了我一条路，／……／我要一个故事，你把我自己的给了我。"似乎在路上就是他奉的使命。由此，在旅行中感受旅行，知晓旅行对于一个诗人的意义，诚如《丹吉尔》一诗的结尾所写："最终，我们不曾来过任何地方，／除了曾经旅行过，正如我们带着这些词语返回家乡。"

他长期旅居的希腊、意大利属于欧洲南部，南方的意象如太阳、大海在诺德布兰德的诗作中反复出现，自无需多说，反倒是丹麦的元素在他的诗歌中极为少见。诺德布兰德的旅行写作固然是来自他的现实和内心，但他是一个现代诗人，我们还希望从现代诗歌的角度观察他的旅行主题。倒是有评论在讨论他的现代性时，一笔点出了他的谱系学来源："诺德布兰德的旅行主题，直接承续自波德莱尔和兰波，但东地中海的传统也能在他的诗歌中追索到。"而长期浪迹异国，故乡反倒变得陌生，成为另一种异化，如早期诗《回家》所写：

回　家

你的父母
已经成了别人的
父母，
你的兄弟姐妹，成了邻居。
邻居
成了别人的邻居，
别人住在
别的城市。
在别的城市，他们回家
正像你一样。

他们再找不到你

就像

你找不到他们。

爱情题材在诺德布兰德的诗歌中占有重要地位。

《牛津当代文学指南》中提到"他的爱情诗避免浪漫的陈词滥调",并引用了他的诗句为证:"如今我可以不再用你／作我情诗中的玫瑰。／你太巨大,太美丽／而且太多,太多你自己。"这里引用《双体船》一诗,出自1995年出版的诗集《天堂门口的蠕虫》,是他最重要的一首爱情诗,也是处理死亡主题的杰作:

双体船

你指着远处海面上的某物——

那么远,在机场旁边

地峡的前面。一艘双体船!

你说。但我评论说,

考虑到距离,太大了

不可能是的。

在每一个红灯前,我们停下来,

遥望那个奇形怪状的东西。

后来,傍晚时,在城里

再看不到它的地方,

我们还一直在谈论它:

你不愿轻易放弃你的双体船。

我们的谈话都是这样，琐碎
像许多谈话一样。然而
当我在飞机上，能清晰地看到
那不是你认为的东西，
我感觉，在离别的痛苦中
有一丝得意：你和你的双体船！

我一有机会就给你打了电话，
却忘了告诉你
那肯定不是一艘双体船。
"没关系，"
我后来跟自己说，
"我随时可以告诉她。"

下一次我准备了一张便条纸：
双体船就列在清单的开头。
你没有接电话，我后来才知道，
几个小时前你已离世。
昨天我又飞过水上那个黑乎乎的东西。
我希望飞机坠落，但它没有。
　　你和你的双体船！

　　如诗中所写，这首诗的背景是他的爱情悲剧。按评论家布列兹托夫的说法，爱侣的突然过世对他的人生有极大的影响，也在某种程度上改变了他的诗学，他将"不在场"引入诗歌，与"在场"并置。这首诗"第一次将'不在场'从美学和哲学范畴变成了存在范畴"。换个说法，诺德布兰德的爱情诗，更多时候写的是爱人的不在场。和在场与不在场、得与失、实与虚的并置相关联的，是一种虚无的玄学，如那首《螺丝》（诗集《陵墓下》）所写，当"我"终于把一切装配完毕，却发现妻子已经离去，孩子都已长大，"于是我把一切打碎，让一切重新开始"。

诺德布兰德的处女诗集即以隐喻出新为评论家注目，此后持续淬炼诗艺。比如，他的早期爱情诗中多次使用"玫瑰"为喻，在诗集《缩影》（1967）中，有一首《你像这样一朵玫瑰》，以玫瑰喻情人，但诗集《七个沉睡者》（1969）中的《野玫瑰》一诗却写道"细雨中的野玫瑰／并不表达什么／也无法表达什么"，否定了通常赋予玫瑰的"表达"功能。进一步，诗集《乌贼颂及其他情诗》（1975）中《如今我可以不再用你》一诗前两节写道："如今我可以不再用你／作我情诗中的玫瑰：／你太巨大，太美丽／而且太多，太多你自己。"诗人干脆放弃了过于传统的"玫瑰"，转而以河流作喻，"如今我真的可以只看着你／像一个人看着一条河／找到了它自己的河床／欣喜于它的每一个动作"。此外，诺德布兰德还有"我宁愿卖掉我的祖国／为它最美丽的玫瑰"（《姿态》）这样的诗句。其实，在他此后的诗歌中，"玫瑰"仍反复出现，但其意义不复当初的单一。由不断变化的"玫瑰"不难看出诺德布兰德在诗歌艺术上的精益求精。当然，他的所有"玫瑰"诗作中，最著名的还是那首《莱斯博斯的玫瑰》。

此外，诺德布兰德还借助于空间、时间的艺术，使用矛盾修辞法，如诗集《十一月，手的颤抖》第二十八首所写："你，我爱的人，／确信我爱另一个人。／这一次我如此热切地爱你／因为我已经爱上了另一个人。"此之相关的，怪诞、讽刺、幽默，也不时见于诺德布兰德的诗中，诗集《离岸风》《我们丹麦人》堪为代表。体裁方面，俳句、十四行诗也频频出现，他有一首《爱情十四行诗》（见于诗集《叶海龙》）不无幽默地写成了十五行。梦境是他诗歌的一个重要空间，早在1976年出版的诗集《玻璃》中，他就写道："捕获拜占庭，是一个做梦人的任务。"《微笑》《卡萨布兰卡》等在早期诗中颇有代表性，后期诗集《梦桥》甚至成了梦主题的专集。

7

诺德布兰德早年学习东方语言，包括中文，他的第三本诗集《七个沉睡者》（1969）收录一首《透过希腊的雨，在土耳其咖啡里看到的中国》，充满了对中国的想象。这首诗被看作他第一首真正的杰作，他的第一本英译诗选（1978）、第一本丹麦语诗选（1979）、第四本也是最后一本丹麦语诗选（2014）都用这首诗开篇，似乎也表明了它在诺德布兰德早期诗歌中的位置：

透过希腊的雨，在土耳其咖啡里看到的中国

细雨

落入我的咖啡

直到它变冷

溢出

直到它溢出

变清

于是杯底的画
映入眼中。

画里是一名男子
留着长胡须
他在中国
在一座中式凉亭前
正下着雨，大雨
在被风吹打的亭子外
在那个男子的脸的上方
凝固成了
条状。

咖啡下面，糖和牛奶
正在凝结
残破的釉彩下面
那双眼睛似乎燃尽了
或是转向里面
转向中国，瓷杯里
咖啡慢慢清空
雨水慢慢落满
清澈的雨水。春天的雨水
雾化了小酒馆的屋檐
对面街道的墙面
像一堵巨大的
残破的瓷壁

瓷壁的光透过葡萄叶

而葡萄叶也已残破

如在杯中。中国男子

透过一片落入杯中的绿叶

看见太阳出现

杯中之物

此时完全清澈。

　　1974年出版的诗集《离开与抵达》中的一首短诗《内战》，以月亮起笔，也颇值得和中国古诗并置阅读，最后两行将女人拉入战争的语境，取径与小杜"东风不与周郎便，铜雀春深锁二乔"有几分类似：

内　战

月亮找不到

它来照什么。

白灰从房屋脱落。

河床干涸。

年轻的寡妇已经忘了

如何张望。

诺德布兰德诗歌的影响来源较为复杂。

除了早期的两位老师，影响他的主要是华莱士·史蒂文斯、T.S.艾略特、贡纳尔·埃凯洛夫，以及波斯诗人莪默、土耳其诗人尤努斯·埃姆雷。他在2006年一次访谈中提到："我第一次感受到诗歌的吸引力，是读了几首译成丹麦语的华莱士·史蒂文斯的诗作。这些诗中有一种生命的欣喜，一种美，让我觉得难以置信……"他解释说，那时他刚刚开始写诗，满心困惑，是史蒂文斯给了他启示："史蒂文斯这些诗中散发出的生命的欣喜，某种程度上对于我是启示。"他后来又读史蒂文斯的英文作品，前文提到《当一个人死去》一诗开头两行"当一个人死去／他周围的环境依旧存在"，译者原本选了一个较简洁的英译版本"当某个人死去／其他一切留在身后"，但这个版本显然无法与华莱士·史蒂文斯的诗句"我即我周围之物"形成互文关系—— 诺德布兰德很喜欢他这首小诗，并不讳言它的影响来源，但他并非简单地承袭，而是创造性地反写。

诺德布兰德阅读史蒂文斯之后，接着读艾略特——他爱上了艾略特，从英美诗歌传统中汲取甚多。他还表达过对希腊诗人塞尔菲斯的喜爱。其实，诺德布兰德多次谈到这个问题，他对这个名单并不隐瞒，然而，诚如英译者汤姆·萨特利所说："诺德布兰德虽然提到了许多对他产生影响的作家——博鲁姆、艾略特、史蒂文斯、洛尔伽、普拉斯和米沃什——但他实际上对于他的写作方法一点儿都没说。"相反，他喜欢说："我写得最好的诗，五分钟。"

我最初于 2015 年 4 月购买了两本英译亨里克·诺德布兰德诗
选——《我的生活我的梦》(2002)和《绞刑吏的悲叹》(2003)，
后者我尤其喜欢，断断续续译了三十多首。9 月份又购入他的第一
个英译选本《诗选》(1978)，后来又购买了《当我们离开彼此》
(2013)，并订购了单行本诗集《神屋》的英译本。到 2015 年下半
年，我已经从四个英译选本中选译了近百首，又收集资料写了一
篇四千多字的简评——收集他的资料太难了。一晃六七年过去了，
其间继续译诗、获得翻译授权、联系出版、联系版权的曲折与艰
辛不一而足，如今有机会面世，真是欣喜。

译诺德布兰德，是我第一次转译，不能不谨慎有加。在遇到多
个版本时，哪个译本更准确？像《莱夫卡斯岛》一诗，有三个译
本，孰是孰非？我最终采用的反倒是与另两个差别较大的那个版
本。多数就可信吗？事实上，本义反倒成了需要甄别、判断的东
西——这或许只是某些极端情形，毕竟有些诗作是丹、英对照，可
以把丹麦语文本输入电脑翻译软件，对英译本进行大致判断，琢磨
诗句的本义——但"本义"是否总是译者所追寻的？像那首《冬
至》，我更多是参照了《绞刑吏的悲叹》的译者汤姆·萨特利提供
给我的译文。《莱斯博斯的玫瑰》一诗第七行，比较了几个译本，
包括作者参与翻译的 1978 年版《诗选》之后，我更倾向一个略显
虚化的版本。其实，正是在 1978 年版《诗选》的作者后记中，诺
德布兰德提到他和译者如何处理原诗与译诗的关系："在翻译过程
中，我们对几首诗作进行了激进的修改。我们希望这些修改能让这
些诗的英文版更为有效。"当然，与之相比，我这里只是在可能的
理解之中进行甄选，腾挪空间自是天壤之别。

说到亨里克·诺德布兰德与译者的关系，这里多说几句。1978年版《诗选》是他参与翻译的作品，但此后两个主要英译本《绞刑吏的悲叹》和《当我们离开彼此》的译者都不曾与他就译稿进行过交流——这也导致他们关于诗人的某些资料不准确。汤姆·萨特利提到他给诺德布兰德写过信，但收到的回复只是授权许可之类的，他还谈到："既然他对自己诗歌技巧的第一手信息提供得这么少，既然我早已得知他喜欢离群索居的生活，我决定这些翻译不寻求他的合作。"我原本在这里写道："遗憾的是，由于诺德布兰德近来视力较弱，译者的翻译未能得到他的指正。"后来我读了两位英译者的访谈，也就释然了。其实，诺德布兰德对诗歌翻译也有值得一提的宏论："马拉美说过诗是翻译中丢失的部分，我想把这个话倒过来说：诗是翻译中保留下来没有丢失的部分。因为有些表达如此强有力，即使经过最差的翻译它能存活下来。"或许他是对自己的诗漂洋过海、辗转于异国的语言有信心吧。

感谢华东师大项静老师和上海作协袁秋婷女士提供了最早的帮助。感谢张如凌女士，她在诗人与译者之间的联络让本书问世成为可能。感谢广西人民出版社青睐，把这本诗选列入声誉卓著的"大雅"系列，并在版权联系期间给予诸多帮助。感谢好友周琰帮助下载资料，《汉诗》《诗刊》《诗林》《诗江南》《浙江诗人》等刊物以及"飞地""遇见好诗歌""合流""中国诗歌网"等微信公众号的刊发、传播，余笑忠、马凌、李筠、文东子等朋友的朗读、赏析。

要提及的是，早在1980年代，北岛译《北欧现代诗选》（湖南人民出版社）即收录诺德布兰德的八首诗作（出自1972 / 1974 / 1975 / 1977诗集），近年董继平兄、好友李晖、小寅等时见译作。我近来读唐史研究著作，了解到一种"竭泽而渔"的治学方法，深受启发，于是搜索中外网络，"升天入地求之遍"，读到了见于英美书刊网络的更多译诗、研究论文等各种资料，对诺德布兰德有了更深理解，得以修改、补充译诗——遗憾的是，限于授权范围，许多译诗未能收录于本书。在此基础上，我得以将之前写的简评加以订正、扩充，并将所有诗作按丹麦语诗集编排，以期读者得见诺德布兰德数十年的诗歌写作历程。疏漏误译之处，亦望回馈告知。最后，仍引用他关于写作的两行诗结束这篇短评：

我从不思考花朵，只思考最后的每朵花。
我从不思考人，只思考我看见的每张脸。

柳向阳

2015.10.15 / 2022.10.25

图书在版编目（CIP）数据

莱斯博斯的玫瑰：亨里克·诺德布兰德诗选 /（丹）亨里克·诺德布兰德著；
柳向阳译 .—南宁：广西人民出版社，2023.10
（大雅诗丛）
ISBN 978-7-219-11593-0

Ⅰ . ①莱… Ⅱ . ①亨… ②柳… Ⅲ . ①诗集—丹麦—现代 Ⅳ . ① I534.25

中国国家版本馆 CIP 数据核字（2023）第 127192 号

桂图登字：20-2023-153

莱斯博斯的玫瑰：亨里克·诺德布兰德诗选
LAISIBOSI DE MEIGUI: HENGLIKE · NUODEBULANDE SHIXUAN
［丹麦］亨里克·诺德布兰德 / 著　柳向阳 / 译

出 版 人　韦鸿学
策　　划　白竹林
执行策划　吴小龙
责任编辑　许晓琰
责任校对　周月华
书籍设计　刘凛

出版发行　广西人民出版社
社　　址　广西南宁市桂春路 6 号
邮　　编　530021
印　　刷　广西民族印刷包装集团有限公司
开　　本　889mm×1194mm　1 / 32
印　　张　7.75
字　　数　184 千字
版　　次　2023 年 10 月　第 1 版
印　　次　2023 年 10 月　第 1 次印刷
书　　号　ISBN 978-7-219-11593-0
定　　价　56.80 元